DE VOLTA PARA LUGAR NENHUM

Adolpho Campos

DE VOLTA PARA LUGAR NENHUM

EDITORAS ASSOCIADAS

Catalogação na publicação
Elaborada por Bibliotecária Janaina Ramos – CRB-8/9166

C198

Campos, Adolpho

De volta para lugar nenhum / Adolpho Campos. – Belo Horizonte: Quixote+DO, 2022.

128 p.; 22 X 15 cm

ISBN 978-65-86942-70-5

1. Romance. 2. Ficção. 3. Literatura brasileira. I. Campos, Adolpho. II. Título.

CDD 869.93

Índice para catálogo sistemático

I. Romance : Literatura brasileira

Conselho editorial • Alencar Fráguas Perdigão, Cláudia Masini
Editora responsável • Luciana Tanure
Editores • Sofia Rossi, João Camilo de Oliveira Torres
Ilustração da capa • Wagner Rossi Campos
Ilustração da orelha • Adolpho Campos
Projeto gráfico e diagramação • Dúnya Azevedo
Tecnologia de informação • Alessandro Guerra
Revisão • Valter Braga
Copidesque • Flávia Figueirêdo

Nesta edição respeitou-se o acordo ortográfico da língua portuguesa de 1990, que entrou em vigor no Brasil em 2009.

Quixote+Do Editoras Associadas
Rua Alagoas 1270 - sala 304
www.quixote-do.com.br
https://www.facebook.com/QuixoteDoEditora/
https://www.instagram.com/quixote.do/
https://www.youtube.com/c/QuixoteDoEditorasAssociadas

Viajar é muito útil, faz a imaginação trabalhar. O resto não passa de decepções e cansaços. Nossa viagem, a nossa, é inteiramente imaginária. É essa sua força. Ela vai da vida à morte. Homens, animais, cidades e coisas, tudo é imaginado. É um romance, nada mais que uma história fictícia. Diz o Littré, que jamais se engana.

E além disso todo mundo pode fazer o mesmo. Basta fechar os olhos. É do outro lado da vida.

Louis-Ferdinand Céline

DE VOLTA

Sim, sou um imigrante; ou um exilado; tanto faz. Um refugiado ilegal contrabandeado de um país falido e em desespero, para um outro, não muito melhor, porém rico e próspero. Minha mãe quer que eu volte para casa; sempre quis, e agora estou de volta. "Você não quer voltar para casa, filho?". Tantas vezes essa pergunta, primeiro por cartas, carinhosas e infalíveis, a caligrafia arredondada e limpa – "Meu querido Levon..." –, depois por telefone e, ultimamente, por e-mail. Agora que sou um estrangeiro, voltar para casa vai fazer tudo ficar bem? Onde você se sentirá em casa, Levon?

Eu estava, enfim, de volta, quase vinte e um anos depois de partir para os Estados Unidos, deixando tudo para trás. Era a última etapa da viagem num avião para 50 passageiros, que fazia o trajeto Belo Horizonte-Governador Valadares. Ao embarcar, me sentei ao lado de uma americana – eu havia escolhido a poltrona do corredor, e ela estava na poltrona da janela –, já havia se instalado e colocara duas grandes sacolas no piso do avião, uma sob seus pés e a outra, enorme, que invadia parcialmente meu espaço. Ao me sentar, um pouco incomodado, ouvi sua voz esganiçada: "Sorry, sorry". Quando o avião estava prestes a decolar, uma comissária de bordo começou a dizer, em português, que aquela bagagem não podia ficar naquela situação, que tinha que ficar totalmente sob os assentos da frente. A gringa não entendia nada e olhava em volta, aturdida, até que um sujeito, sentado na poltrona atrás dela, se levantou, falando em inglês rápido e ininteligível; pediu licença ao passageiro que estava a seu lado, invadiu seu espaço, com o enorme corpo, passou o braço por cima da minha cabeça e retirou a bolsa que estava quase sob meus pés, de uma maneira ríspida. A mulher, de olhos azuis claríssimos, assustada, dizia: "Sorry, sorry, I am sorry". Alguns minutos após a decolagem, as comissárias iniciaram o serviço de bordo: suco de frutas de caixinha e alguns salgadinhos. O grandalhão americano pegou uma daquelas caixinhas de suco e começou a agitá-la vigorosamente. Os movimentos eram semelhantes aos de um barman chacoalhando uma coqueteleira, só que eram de tal ordem que eu pensei: "Esse cara vai derrubar a aeronave". Irado com tudo aquilo, só não odiei mais aquele casal porque a mulher estava lendo *Herzog*, de Saul Bellow, um livro que eu sempre admirei.

Tudo aquilo não teria importância se eu não estivesse com uma colossal ressaca. Havia desembarcado em Belo Horizonte no dia anterior, onde, sem explicação plausível, resolvi pernoitar. No dia seguinte, partiria para minha cidade natal, seis anos depois de minha última estada por lá. Cheguei a pensar que talvez estivesse postergando esse momento. Sozinho, de novo, resolvi ir, no início da noite, a uma livraria que conhecia de muitos anos. O hotel onde me hospedara ficava próximo, e fui a pé. Ao menos estava vendo o céu, andando pelo comércio de rua. Ainda que o céu não estivesse luminoso de estrelas, mas sim carregado e cinzento, era melhor que os céus de shopping e *outlets*. Encontrei a livraria e me surpreendi com as transformações pelas quais ela tinha passado. Havia livros, mas junto a eles havia inúmeros outros produtos, como *souvenirs*, cadernos e objetos escolares, uma infinidade de quinquilharias. Haviam fechado a rua em frente para automóveis e colocado várias mesas numa espécie de praça. Na "minha" livraria tinham instalado um pequeno palco; nele, um guitarrista, um baixista, um tecladista e a cantora se empenhando em interpretar *chansons* francesas. Os músicos tinham uma pegada jazzística; *F... comme femme* foi muito aplaudida pelo público, que lotava as mesas espalhadas na praça, num *happy hour* bastante movimentado. A cantora, esforçada, cerrava os olhos e tremia os lábios. As pessoas à minha volta, ainda que rindo ou gargalhando, tinham olhos vazios, sem esperança. Primeiro tomei uísque, muitos uísques, depois chope, muitos chopes. Não percebia, naquele momento, outra tristeza senão uma tristeza misturada ao medo sentido pelos que acabam de chegar a um lugar estranho. A um lugar estranho? No meu coração ia crescendo essa sensação incômoda e até então desconhecida.

1

O Brasil ia para as ruas pedindo Diretas Já, e Levon estava enfiado numa merda de uma lavra, outro garimpo do pai que não deu em nada. Ele não entendia o que move garimpeiros que furam túneis a vida inteira. Como explicar que um homem chegue na encosta de uma montanha, perdida na planície de pastagens, julga encontrar sinais – inexplicáveis – de que aquela montanha é rica em gemas, e comece a furar um túnel, investindo o pouco que tem, para tentar encontrar nas entranhas da terra, em um único e preciso ponto, o tesouro sonhado? A ganância. A esperança os move, essa inútil e necessária esperança geradora de energia.

Até então, ele acreditava no velho pedrista que queria de toda maneira vê-lo trabalhando com pedras preciosas, garimpos, ou então, já que queria estudar, estudando Engenharia ou Medicina, que dão dinheiro. Levon estudava História, um aluno brilhante e desinteressado. Os conhecimentos que absorvia nas salas de aula pareciam meros esboços à margem do livro verdadeiro, pelo qual procurava ansioso. Queria ser escritor, mas não havia em sua cidade curso de Literatura, ou Letras, ou qualquer coisa semelhante.

– Vamos pra rinha, Levon – era o pai, com um sorriso irônico nos lábios semiabertos, mostrando dentes amarelos de nicotina e já meio estragados, chamando-o, pela enésima vez, para a rinha de galos. – Precisamos ficar mais juntos, você tem muito que aprender comigo.

O que aquele homem ignorante e rude podia enxergar de interessante numa rinha? Levon se irritava e se via com poucas alternativas. Das duas, uma: ou virava engenheiro ou médico, como queria o pai – e intimamente sua mãe –, ou se mandava. O pai sempre o achou um babaca, parecido com a mãe, ele dizia. Ela era uma mulher doce e terna, que sofria cotidianamente com a estupidez do marido, sem reclamar, sem se revoltar, como se dedicada a uma missão de tolerar a dureza da vida, educar e dar amor aos filhos, Levon e sua irmã, oito anos mais nova.

– Pai, vou pros Estados Unidos. Tô saltando fora – Levon disse, encarando o pai.

O velho não se abalou. "Deixa esse merda ir quebrar a cara naquela porcaria de lugar. Não demora, ele volta."

– Pode ir, mas não vou te dar dinheiro nem fodendo, até porque não tenho. Você, mesmo avoado como é, sabe que a situação está de mal a pior. Acho que vai quebrar a cara, mas quer ir, então vá.

– Deixa comigo, eu me viro.

Levon acreditava que seu avô financiaria sua viagem. Eles tinham uma relação de amizade, e o avô sempre bancou os livros que Levon comprava obsessivamente, sem entender direito porque uma pessoa lê tanto.

Nada no Brasil estimulava os jovens a permanecer no país, e o sonho americano era muito forte. A partir de 1979, a economia brasileira sentiu o aumento da taxa de juros internacional e do segundo choque do petróleo. A maxidesvalorização da moeda teve grande impacto sobre a inflação, que naquele ano superou a casa de três dígitos. Em setembro de 1982, o México declarou moratória, com grande reflexo na economia brasileira, provocando outra maxidesvalorização da moeda. A inflação ficou fora de controle e iria subir ao longo dos anos, até atingir 1.320% em 1989. Foi uma década perdida, a Década das Desilusões, com o Brasil afundado em recessão e hiperinflação.

Na segunda metade da década de 1980, estão concentrados 43 por cento do total de valadarenses que emigraram. Ir para a América era opção de vida de um número cada vez maior de pessoas. Dezoito por cento dos domicílios de Governador Valadares apresentavam pelo menos um indivíduo com experiência migratória. A imagem dos americanos vista pelos valadarenses dessa época se relacionava a progresso, melhoria de vida e ganho de dólares.

O processo de emigração de valadarenses para os Estados Unidos iniciou-se na década de 60, e o primeiro momento para se estabelecer a "conexão USA" foi o ciclo da mica. Para sorte de Levon, seu avô, americanófilo, conhecia essa fase e não se cansava de contá-la e de enaltecer as virtudes e qualidades dos americanos e do seu país. Ele era fã da imagem arrogante e prepotente de Tio Sam. A agência americana, comandada por Nelson Rockfeller, organizou, via meios de comunicação, um bombardeio ideológico, divulgando por rádio, cinema e revistas um mundo atraente, de consumo e progresso. O *american way of life* tornava-se irresistível: "Riqueza e trabalho no mais profundo sentido puritano e individualista". Frederick W. Taylor e Henry Ford eram os símbolos de um mercado que produzia tudo em massa: automóveis, aspiradores de pó, rádios, refrigeradores. Moralismo de mãos dadas com o culto à produção de consumo. Depois, os Estados Unidos, em guerra, não podiam permitir que o Brasil de Getúlio Vargas optasse pelo Eixo.

O avô rememorava toda essa época, e o curioso é que ele se lembrava de datas e de eventos sem nenhuma importância.

– Levon, em 1942 – e você nem era nascido – surgiram a Coca-Cola, o sorvete Kibon e a Seleções do *Reader's Digest* – na verdade pura propaganda americana.

Naquele ano, a base aérea americana em Natal era conhecida como Parnamirim Field. Pilotos americanos partiam dali, cruzando o Atlântico, para o norte da África, onde tropas alemãs comandadas pelo marechal Rommel encurralavam os ingleses. A Segunda Guerra Mundial é o ponto de virada na história das relações entre o Brasil e os Estados Unidos, com a implantação da Política de Boa Vizinhança. O Brasil importava subcultura dos Estados Unidos, exportava borracha natural extraída dos seringais, café e, mais importante do ponto de vista do avô, exportava materiais estratégicos para a indústria bélica: mica, escória de berilo e quartzo. Em 1943 produziram um documentário: *Brazilian quartz goes to bar*, e o avô de Levon estremecia de emoção ao se lembrar. Durante a Segunda Guerra, a economia de Governador Valadares foi impulsionada pelo comércio de mica, importante para a indústria bélica, e vieram americanos para a cidade, com o fim de fornecer apoio técnico às oficinas de beneficiamento desse produto. Com isso muitos enriqueceram, como o avô de Levon. Ele dizia:

– Levon, os americanos gostam da gente, criaram até um personagem, o Zé Carioca, no filme *Alô Amigos*, no qual se ouve a *Aquarela do Brasil*, de Ary Barroso.

– É, sim, vô. Mas Zé Carioca é um papagaio ridículo.

Na década de 50, um consórcio de empresas do Canadá e dos Estados Unidos, Morrison Knudsen, se instalou em Governador Valadares, prestando consultoria na modernização da Estrada de Ferro Vitória-Minas, da Companhia Vale do Rio Doce. Isso provocou a vinda de muitos americanos para a região do Vale do Rio Doce e criou uma proximidade maior dessa região com o povo americano. Nesse cenário, Levon convenceu o avô a financiar sua ida para os Estados Unidos.

Naquela ocasião, Levon conseguira algo inacreditável: o visto de entrada nos Estados Unidos, algo em princípio impensável para alguém nascido em Governador Valadares, para quem os vistos eram sistematicamente negados, na tentativa de conter a onda migratória.

– Vô, consegui o visto para os Estados Unidos e, considerando a dificuldade de se conseguir esse visto, é um sinal de que devo ir. Não sou como a maioria dos emigrantes, tenho uma vida razoável, sou universitário, mas preciso pensar que quero o melhor para mim. – E completou, tentando sensibilizar o avô: – Sem risco de morrer como morrem muitos emigrantes, vítimas de coiotes, sozinhos, sob o olhar indiferente de serpentes, insetos, aves noturnas, vendo aquele corpo inerte.

– Você sabe como eu gosto daquele país e como acredito nas oportunidades que cada um pode ter ali, se trabalhar muito – disse o avô.

O que Levon sentia era desalento. Ou ficava no Brasil colecionando ressacas, frequentando atos públicos tipo Diretas Já, pichando muros contra usinas nucleares e a favor das baleias ou ia cuidar da vida e do futuro em outro país que oferece oportunidades. Então disse para o avô:

– Quero te pedir que financie minha ida para os Estados Unidos, já que meu pai se recusa a me ajudar, e minha mãe, coitada, não tem condições de me socorrer. Prometo que em 18 meses te pago. Já fiz as contas e sei que posso te pagar nesse prazo. Um ano e meio!

– Pode contar comigo, Levon. Sei que você vai se dar bem. No Brasil, quebrado como está, não existem oportunidades. Vou te emprestar os dólares, com uma recomendação: esquece sua namorada, Levon. Ouviu, menino? Se você trabalhar muito, com certeza vai ter sucesso nos Estados Unidos. Você é um bom garoto, vai se dar bem.

Levon entendeu o recado e esqueceu a namorada. Para não sofrer com frio intenso logo ao chegar, esperou o fim do inverno nos Estados Unidos; trancou a matrícula na faculdade, como se a sua expectativa fosse voltar em dois ou três anos. Fazer isso foi muito doloroso para ele. Ao se despedir da mãe, a abraçou, sentindo seu corpo frágil em convulsões de soluços; teve que fazer um enorme esforço para não chorar também. Tinha feito alguns contatos com brasileiros residentes em Newark e embarcou com destino a Nova York. Ia trabalhar em Newark, Framingham, Boston, ou em qualquer lugar onde houvesse brasileiros, mas antes queria dois dias em Manhattan.

2

Tancredo Neves, primeiro presidente eleito, finda a ditadura e iniciada a redemocratização, tinha adoecido gravemente no dia anterior, na véspera de sua posse, quando Levon embarcou com destino aos Estados Unidos, pensando que o Brasil não tinha jeito. Tancredo, que representava a esperança, a vitória do povo brasileiro pela democracia, foi internado com diverticulite. "O povo mais humilde chama essa enfermidade de 'nó nas tripas'", pensou Levon, e "nossa esperança tinha sido abatida por um nó nas tripas". Levon já estava nos Estados Unidos quando Tancredo Neves morreu e José Sarney assumiu a presidência. "O Brasil não tinha jeito."

Quando a aeronave tocou o solo de Nova York, no aeroporto JFK, ele se sentiu assustadoramente sozinho. A percepção do que ia enfrentar daí em diante se abateu sobre ele. Imigrantes são em geral malvistos, e o estrangeiro é sempre mais estrangeiro quando é pobre. Quando tomou a decisão de se aventurar nos Estados Unidos, estava consciente de que havia uma rede de proteção, uma rede social estruturada na origem e no destino, que reduziria a necessidade imediata de comunicação em inglês – idioma que ele conhecia razoavelmente –, colaborando para a permanência de forma ilegal no país: despachantes, companhias de turismo, doleiros e redes de parentesco Brasil/EUA. Ainda assim, Nova York, para um mineiro do interior, é algo assustador desde o aeroporto.

– Essa porra de lugar é surreal.

No aeroporto teve medo de ser preso. "Os desejos dos fodidos não são punidos com a prisão? Contra o pavor de ser pobre, é uma obrigação experimentar, experimentar tudo, se embriagar com qualquer coisa, com o vinho barato, com as vitrines inalcançáveis, com a masturbação. Experimentar a solidão! Aqui, no estrangeiro, aquela orquestra que havia dentro de mim, que fazia minha vida fluir, silenciou. A juventude morreu, abandonei os anos vazios, nos quais minha juventude tinha evaporado. Só tenho dentro de mim agora a verdade, e ela, bem, ela é a verdade."

Levon passou somente um dia em Nova York, andando por avenidas e ruas, pelo Central Park, pelo Brooklin, a Quinta Avenida, pelos locais que são cartões-postais da cidade, andando, andando. Manhattan lhe pareceu imensa, descomunal. Ele dormiu em um hotel simples na noite em que chegou, e na seguinte; na manhã do terceiro dia, partiu para Newark, onde o aguardava um brasileiro de Engenheiro Caldas, cidade próxima da sua, com quem tinha feito contato, ainda no Brasil.

Newark é a maior cidade do Estado de Nova Jersey e uma das principais da região metropolitana de Nova York. Quando Levon chegou à cidade, lembrou-se do escritor Philip Roth, que nasceu ali onde escreveu seus primeiros livros, *Adeus, Columbus* e *O Complexo de Portnoy*. O prédio onde o amigo morava, e no qual Levon moraria nos dez meses seguintes, era o mais arruinado da rua, com uma vizinhança que não era muito melhor. A fachada não via tinta desde que a pintaram pela primeira vez, provavelmente na década de 40 ou 50. Ficava no bairro de Ironbound – área de fábricas e cortiços. O migrante tem sempre a sensação de que seu mundo está de pernas para o ar, tudo está errado. Passou a dividir o quarto com um hispano, punheteiro e malcheiroso. O imigrante já chega endividado, tem que trabalhar – qualquer trabalho – tem que pagar a dívida deixada no seu país. O imigrante só está no estrangeiro pelo trabalho, porque precisa dele.

"Lavar cuecas e meias, limpar o quarto, preparar sanduíches, café, fritar ovos... Como eu queria poder pagar uma diarista! Saudades da mamãe."

A maioria dos *newcomers* consegue empregos como operários na construção civil, ajudante de garçom ou jardineiro. Levon conseguiu emprego nas três áreas, três empregos. Trabalhava como um animal, até ficar extenuado. Trabalhava até se tornarem uma coisa só, ele e o trabalho. O trabalho era como droga, e ele estava drogado, trabalhando escondido, porque era indocumentado; se fosse pego pelas autoridades seria preso e deportado. A América é como uma prostituta, que te seduz sem que você perceba. Então ela te suga, consome sua energia, drena seu sangue. Levon passou a gostar de estar só. Todo mundo precisa de alguém para contar seus projetos, seus desejos, seus sonhos. Essa pessoa tem de ser encontrada, mas é difícil encontrá-la. Essa pessoa não existe. Levon se sentia exangue e sozinho.

"Não me incomoda a solidão. Jorge Luís Borges dizia: 'Não me dói a solidão, já é bastante esforço alguém tolerar a si próprio e suas manias'. Como imigrante, estou numa situação provisória que gostaria de prolongar, ou, ao contrário, estou numa situação duradoura que quero viver com o sentimento de provisoriedade? Não sei, sou um homem que está entre um lugar e outro, deslocado, na divisa entre o ser e o não ser social. Para que você veio, então? A relação infeliz entre filhos e pais talvez explique as contradições da condição de imigrante. Eu precisava de um futuro melhor, precisava ter esperança, qualquer esperança. Tem uma canção que diz que o futuro era tão brilhante que se precisava usar óculos escuros. Precisei acreditar nisso para vir. Agora os Estados Unidos se instalaram em mim, não me soltam mais, como se eu estivesse possuído. E sozinho. Nelson Rodrigues dizia que 'o sujeito vive roendo a própria solidão, como uma rapadura'. A solidão sem angústia tomou conta de mim, e junto veio o prazer de não ter que dar satisfação a ninguém. Livre! Livre até de mim mesmo. Passando dia após dia sem fazer outra coisa a não ser trabalhar, sem sentir angústia na solidão."

Após um ano em Newark, Levon tinha pagado os dólares que o avô emprestara; com dois anos, tinha algum dinheiro guardado; com três anos, tinha um pequeno capital e começou a enviar dólares para a mãe. A mãe ligava: "Levon querido, não precisa mandar dinheiro. Quero mesmo é que você volte para casa. Sinto tanto sua falta... Quando você vai voltar, meu filho?".

No quarto ano em Newark Levon já enviava dólares para a mãe, decidiu que tinha que conseguir o Green Card. Aquela ideia de voltar e continuar a faculdade era uma ideia vencida. Foi quando começou a sair um pouco para se divertir, e então já havia mudado de endereço e morava sozinho num quarto de um *basemant*. Era um lugar ainda sórdido, mas melhor. A cada conquista, a cada progresso, ligava para a mãe e para o avô.

– Baby, traga uma cerveja para mim e para meu amigo mineiro, que acabei de conhecer.

A voz era nítida, clara, e surpreendeu Levon, que estava, num sábado à noite, num bar frequentado por brasileiros e hispanos. O ambiente era simpático e a música era boa. Sentiu a presença do sujeito quase se encostando nele, forçando uma proximidade constrangedora. Ele tinha tatuagens no antebraço direito, e uma delas era o nome "Aline" entre dois coraçõezinhos, tipo emojis. Usava três grandes anéis de prata nos dedos da mão, que estendeu para um cumprimento. Levon apertou-lhe a mão e o ouviu dizer: "Me chamo Theo. Theo com h".

Ele passava por aquele bar em Newark, sempre que vinha à cidade, em geral para tratar de negócios. Era amigo do dono, também mineiro. Ao ver Levon sozinho, deslocado, como ele ficara quando veio para os Estados Unidos, com grande dificuldade de se enturmar, percebeu nele uma pessoa simpática e se animou a dar uma força para aquele sujeito solitário no meio da algazarra do bar.

– Meu amigo, não se entristeça, ser estrangeiro é isso mesmo, é não entender nada ao redor, é estar, de fato, sozinho, estamos sozinhos. Não temos nem o direito de parar para pensar, o ritmo da nossa vida e o estresse não permitem, e não vemos retorno. Então, acertei? Você é mineiro?

– Sim, sou mineiro. Estou em Newark há quatro anos, e raramente saio. Minha vida é só trabalhar. Legal conhecer você; meu nome é Levon.

– Levon? Pois é, Levon, eu não moro em Newark, venho aqui a trabalho. Moro em Framingham. Conhece?

– Não. Não conheço, mas sei que tem muitos brasileiros vivendo lá.

– Não deixe de visitar Framingham quando tiver oportunidade. Vale a pena. Especialmente para um cara como você, que me parece preparado. Há coisas interessantes acontecendo em Framingham.

Theo falou das mudanças que estavam ocorrendo em Framingham e o que podiam significar essas mudanças, em termos de oportunidades. Depois de ter montado, durante 41 anos, milhões de carros, a General Motors tinha encerrado as atividades da sua unidade na cidade no ano anterior, e isso marcou o final da história de Framingham como centro manufatureiro, o que acabou evidenciando e reforçando a vocação da cidade para o comércio e prestação de serviços. Decisivas para o desenvolvimento comercial foram as condições de infraestrutura, especialmente as rodovias que cruzam seu território, conectando-o a outras localidades. A infraestrutura de Framingham e sua posição geográfica ao longo da Route 9 são uma vantagem em relação às localidades vizinhas e contribuem para lhe dar destaque nas atividades econômicas e para torná-lo um município de especial poder de atração de imigrantes, favorecendo uma grande diversidade étnica de sua população.

Theo era sedutor, e tudo parecia muito atraente na sua explanação. Levon percebeu um grande empenho dele para que se mudasse para Framingham. Quando Theo se foi, não sem antes deixar endereço e telefone, Levon, com sua permanente inquietação, já estava ansioso para conhecer Framingham. Quem sabe, saltar fora de Newark.

3

Havia alguns livros, revistas e jornais brasileiros num espaço lateral na entrada daquela loja, que tinha uma infinidade de produtos à venda. Levon estava folheando alguns exemplares, antes de entrar até o local onde se avistava uma pequena lanchonete, quando Theo se aproximou.

– E aí, mineiro! Tudo bem, Levon?

– Olá, Theo. Tudo OK. Vim cumprir a promessa.

Na loja, Theo comercializa produtos destinados a brasileiros, como se fosse um minimercado com uma lanchonete ao fundo. Um negócio tipicamente familiar que Aline, sua mulher, ajuda a tocar. Ali se encontram CDs de duplas sertanejas brasileiras, leite condensado, bolacha Maria, Triunfo, queijadinha, Neston, aveia Quaker brasileira, Mate Leão, polvilho, farinha de milho, milho para canjica, goiabada, bananada, tropeiro, Arisco, Bombril, pomada Minâncora, produtos de beleza da Avon e da Natura. E revistas e livros brasileiros. O fornecedor é um americano, filho de portugueses, que abastece 72 lojas de produtos brasileiros na região.

– Vejo que você tem interesse por livros. Tenho sempre alguns, não porque vendam muito, mas porque gosto de ler. Se você tiver interesse, posso encomendar os títulos que você desejar, traduzidos em português, ou brasileiros mesmo.

– Quero, Theo. Não tenho lido ultimamente, e ler está me fazendo falta. Vou preparar uma lista de livros, para tirar o atraso.

– Bem-vindo, Levon. Venha conhecer minha mulher, Aline, e os garotos.

Levon conheceu Aline, os dois filhos do casal, e logo saíram para que Theo lhe mostrasse a cidade e os pontos de possível interesse.

– Levon, na década de 1980 já começaram a chegar os newcomers, numa nova onda de imigração. Vinham de Porto Rico, Costa Rica, Guatemala e do Brasil. Quando conseguiram juntar algum dinheiro, trabalhando como operários na construção civil, jardineiros, garçons, ajudantes de garçom, começaram a alugar as lojas, antes vazias, para instalar seus negócios: salões de beleza, pontos para vendas de produtos brasileiros, de passagens, escritórios para remessa de dólares, restaurantes. Com isso, o centro degradado e com muito tráfico de drogas está sendo revitalizado.

Levon gostou do que viu e, quando passaram pelo lado sul da cidade, pensou: "É nesse lugar que vou morar". Ali se estabeleceram as indústrias às margens dos trilhos da ferrovia, ao longo do tempo. A área passou a ser habitada por porto-riquenhos e asiáticos, que se juntaram aos outros habitantes da região, predominantemente mais pobres, mais jovens, e não americanos. Ali estavam os brasileiros, em condomínios decadentes, diferentes das áreas nobres do norte da cidade. Essas duas regiões têm sua divisão delimitada pela ferrovia e a Route 9. Os brasileiros se concentram nas ruas Beaver, First, Second. Nesta última Levon viria a morar.

– Theo, volto amanhã para Newark, mas já decidi vir morar aqui. Cansei de Newark, lá não tenho amigos, e vejo em Framingham muitas oportunidades. Se você puder me ajudar, gostaria que pesquisasse uma quitinete para alugar, na região sul, e que verificasse com mais detalhes as condições de venda daquela oficina mecânica que você disse que lhe foi oferecida, já que não tem interesse de sua parte. Consegui juntar algum dinheiro e talvez possa comprá-la.

– Pode contar comigo. Em breve você receberá notícias sobre isso. Torço para que venha.

À noite se reuniram em volta de uma mesa, os dois e Aline, para tomar cerveja e conversar. Podia se chegar na casa de Theo pelos fundos da loja ou por uma entrada lateral, através de uma galeria entre a loja e a construção vizinha, quando o comércio estivesse fechado. Era um espaço amplo, sem divisões, a não ser por um balcão que delimitava a cozinha (*kitchen*), como num *loft*: ambientes de estar, de refeições, de ver TV, definidos apenas pelo mobiliário. Entre os fundos da loja e a casa havia um pátio descoberto, a não ser por uma área onde se via uma churrasqueira, um forno de assar pizzas e um fogão à lenha, e nesse espaço se revelava toda a mineiridade do casal, com o fogão revestido de cimentado vermelho, a churrasqueira e o forno em tijolos cerâmicos aparentes. No geral, tudo tinha aspecto bastante agradável. Theo indicou uma escada que ficava próxima ao fogão à lenha e ao forno.

– Levon, aquela escada dá acesso aos dormitórios. São três suítes no pavimento superior, mais que suficientes para uma família pequena como a nossa.

Depois de dois goles, Theo tossiu uma tosse seca e acendeu um baseado, que foi alegremente compartilhado pelos três. Depois falaram de literatura, dos principais acontecimentos brasileiros dos últimos anos, as Diretas Já, a nova Constituição Brasileira, promulgada no ano anterior, e da queda do Muro de Berlim, que acabara de acontecer.

– Levon, o povo brasileiro é tão atrasado, tão estúpido, que é capaz de eleger esse sindicalista de nove dedos. Ô povo infeliz!

– Acho que Lula não se elege. O brasileiro é conservador, não gosta de correr riscos.

– Não se iluda, Levon. Na próxima eleição, qualquer que seja o eleito, o povo vai se ferrar... Isso é a única coisa certa. A política serve para sermos fisgados, depois espancados, fatiados, torturados, e acabamos concordando com tudo isso. Depois levamos ao poder os mesmos bundões que nos fizeram todas as atrocidades. Não dá nem para falar de política. Vamos falar de casamento. Existe uma maneira rápida de você conseguir o Green Card: se casando com uma americana. Já pensou nisso? É muito ruim ficar se escondendo. Aline, vamos arranjar uma garota para casar com Levon. Se não der certo, separa, depois de pôr a mão no Green Card. O que você acha da Linda, Aline?

– Linda é uma ótima garota. Sobre ela se casar com Levon tenho dúvida. Só se for uma coisa passageira, com a única finalidade de se conseguir o Green Card – respondeu Aline, acrescentando: – Linda não tem cabeça para ser uma mulher casada...

– Estou falando exatamente disso, resmungou Theo, com impaciência.

– Tenho pensado nesse Green Card todo o tempo. Passou da hora de ter liberdade de ir e vir, sem medo de ser preso e deportado. Desde minha chegada aos Estados Unidos, a única coisa que tenho feito é trabalhar. Não tenho feito outra coisa a não ser trabalhar, trabalhar, sem tempo para pensar.

"Estou mentindo", pensou Levon. "As pessoas dizem não ter tempo para pensar; não ter tempo para pensar é, com certeza, não ter vontade de pensar. Eu penso intensamente e acho que posso colocar as coisas para se moverem. Acontece que penso raramente. É como se eu construísse dentro de mim uma barragem, e assim como a barragem acumula água, vou represando e acumulando pensamentos vagos e sonhadores, juntos a raciocínios práticos e objetivos, até que um dia essa barragem se rompe. Então, nesse dia, ocorre uma revolução. Por isso minha vida tem esse aspecto vacilante, descontínuo."

Levon continuou:

– Acho que vou começar uma nova etapa da minha vida aqui em Framingham, e isso graças a você, que me fez sair do imobilismo em que me encontrava. Me deu uma chacoalhada. Estou animado, pretendo deixar Newark e, quando você menos esperar, estarei aqui para ficar.

Aline fez um gesto com as mãos, como se aplaudisse, e deu um sorriso luminoso. Tinha sorrisos luminosos, com dentes branquíssimos, contrastando com sua pele morena. Não era especialmente bonita, mas, apesar do aspecto um pouco cansado, era atraente. Uma mulher madura que chegou a Newark, vinda também de Minas Gerais, antes de Theo. Ao longo do tempo, Levon foi percebendo quão forte ela era, capaz de controlar a rebeldia de Theo. Eles viviam bem.

No mês seguinte, Levon tinha deixado Newark para trás e estava morando em Framingham, com muitas ideias na cabeça e disposição para trabalhar. Estava motivado.

4

Com sua personalidade expansiva, Theo era importante no cotidiano de Levon. Levava-o para Newark, onde se divertiam com garotas de programa, incentivava-o a ter namoros, sempre fugazes, com garotas de Framingham, introduzia o amigo em sua casa para um convívio familiar, junto com Aline e os filhos. Com isso, a vida de Levon ficava um pouco menos vazia.

Numa confraternização de imigrantes brasileiros, na casa de Theo, Levon conheceu Linda. Esses encontros eram frequentes; cada um levava sua própria bebida, cotizavam-se para a comida e os tira-gostos e faziam a festa, lembrando do Brasil. O ambiente era sempre descontraído, todos se conheciam, e a grande maioria era do Vale do Rio Doce e da região Leste de Minas.

Naquela tarde de domingo ensolarado Theo comandava a festa, e ele sabia escolher boas músicas para animar a galera, que gostava quando a festa era na casa dele, porque a maioria era freguês na sua loja – Aline sabia receber muito bem. Além disso, a liberdade era total, até para fumar um baseado. A churrasqueira era boa, e tinha o forno para assar pizzas. A festa rolava animada, já era noite quando Linda chegou com duas amigas brasileiras, com quem morava. Aline e Theo receberam as três com beijos e amabilidades, e, antes que elas se encontrassem com a turma, Theo chamou Levon para que se conhecessem.

– Levon, essas são Bia, Carmem e Linda. São pessoas ótimas, gracinhas, e vocês vão se dar bem. Esse é o meu amigo Levon, garotas.

Levon, constrangido, cumprimentou as três e, ao beijar o rosto de Linda, sentiu-se enrubescer. Antes que a festa terminasse, Levon e Linda, com a ajuda de Theo, tinham marcado de se encontrar no apartamento dele em breve, para tratarem do casamento deles. Trocaram telefones; havia um clima de simpatia.

5

A quitinete era pequena, mas agradável, com mobiliário discreto e elegante, cores sóbrias nas paredes e cortinas. Levon tinha recomendado à arrumadeira capricho especial, e sentia-se um cheiro de limpeza, o que certamente causaria uma boa impressão em Linda, que ele aguardava. Ela era americana descendente de irlandeses. Os irlandeses formaram a primeira leva de imigrantes que, com os italianos, vieram em bandos e inclusive concorreram para aumentar em Framingham o número de igrejas católicas. Os descendentes de irlandeses constituíram-se ao longo do tempo, desde sua chegada, há mais de um século, numa importante força política no Estado de Massachusetts.

Ainda muito jovem, Linda, por rebeldia, rompeu com a família – que se mudou da cidade – e era uma garota livre. Para Levon, ela fazia lembrar uma taruíra, esse animalzinho que sobe pelas paredes e anda nos tetos. Era branca, de um branco transparente. Não que fosse feia como é feia a taruíra; ao contrário, era muito bonita. Mas, além da pele branca, os pés e mãos de dedos finos e longos remetiam à imagem das patinhas das taruíras, com as veias vermelho-violáceas visíveis sob a pele translúcida.

– Minha taruíra! – dizia Levon, carinhoso, se aproveitando de que ela não entendia português o suficiente para saber o que era taruíra.

Ela era garçonete num restaurante às margens da Route 9 e morava com as duas brasileiras que, por algum motivo, tinham se aproximado de Theo e de Aline.

Agora ela estava ali na sua frente, na pequena quitinete. Viera para acertar as condições do casamento. Depois das rápidas tratativas sobre valores a serem pagos, ela se sentou numa pequena poltrona. Era esbelta, e seu corpo sugeria curvas sob o vestido com estampa de cores vivas, que colava à sua pele quando se movia. Tinha grandes olhos azuis, expressivos, e cabelos loiros, cortados curtinhos. A boca era bem desenhada, sensual. Subitamente ele percebeu que estava de pé, desajeitado, encarando-a, e sentou-se numa cadeira. Ficaram em silêncio. Linda se esticou na poltrona apoiando a cabeça no encosto, os braços meio soltos do corpo, talvez em razão do calor. Depois ela se levantou, puxou-o pelas mãos e o abraçou.

– Não há necessidade disso – ele disse.

– Eu quero – ela respondeu.

Levon era um homem atraente, moreno, estatura mediana, cabelos castanhos, revoltos, olhos negros expressivos, com um jeito sonhador. Teria, talvez, herdado um certo carisma do avô.

– Eu quero, Levon...

Linda e Levon se casaram, ela recebeu os dólares combinados e continuou com ele na quitinete por quase um ano, mesmo depois do arranjo do casamento desfeito, após ele ter conseguido o Green Card.

– Não há necessidade de ficar aqui comigo, Linda.

– Eu quero, Levon.

6

A salada que estavam preparando estava quase pronta, com um aspecto excelente. Linda se dizia vegetariana; Levon tinha dúvidas. Tinham aberto uma garrafa de vinho, quando tocou o telefone; Levon atendeu, com um gesto de contrariedade.

– É o Theo, mineiro, você sumiu depois que se tornou um homem casado. Estou sabendo que você é um conquistador e que a Linda resolveu ficar com você, morar com você.

– Resolveu ficar um tempo.

– Vocês devem estar se divertindo bastante.

– Um pouco. Vamos mudar de assunto, não quero falar sobre isso.

– Mudar de assunto por quê? Tem alguma coisa errada em duas pessoas adultas se divertirem? Lamento somente não poder te levar para Newark, para curtir as periguetes. Quanto ao resto, a vocês estarem se dando bem, acho ótimo.

– Linda está fazendo sinais, querendo saber quem está ao telefone. Não posso passar o telefone para ela, você vai falar alguma merda. Vou desligar, amanhã passo aí para ver você, Aline e as crianças.

– Venha mesmo, e traga a Linda. Aproveito e pergunto a ela como está sendo seu desempenho. Sinto muito se atrapalhei a "festinha" de vocês.

– Boa noite, Theo.

– Boa noite, Don Juan.

"Linda, minha taruíra, por que não encontramos o amor? Talvez porque ele não exista."

No início da estadia de Linda com ele, após o casamento, Levon estava achando ótimo. Com o tempo, começou a se sentir incomodado. Às vezes até se assustava, quando, ao acordar, percebia a presença dela na sua cama. "Por que os casais têm que ter tanta intimidade a ponto de dormirem na mesma cama? E os roncos? E o mau hálito? E os gases? E se eu falar dormindo?"

Levon tinha comprado a oficina mecânica, e os negócios iam muito bem, especialmente depois que ele conseguiu o Green Card. Surpreendeu-se, acostumado com a kafkiana burocracia do seu país, diante das facilidades de abrir um negócio nos Estados Unidos: preenche-se um formulário, um documento com apenas duas páginas, que é entregue ao *city clerk* do município, e se paga alguns dólares à prefeitura local. Com a continuidade do negócio, há os impostos a serem pagos, o que já implica a necessidade de uma situação regular do imigrante. Com a oficina indo bem, passou a adquirir carros usados em leilões, que ele reformava com raro talento e revendia para brasileiros, com lucros substanciais. Pensava em outro negócio, que vislumbrou quando visitou Framingham pela primeira vez e conheceu a cidade e suas peculiaridades: o centro onde estava em curso uma revitalização ainda tímida, e ele poderia adquirir imóveis decadentes e restaurá-los. Foi o que começou a fazer como a sua atividade principal e mais rentável. O futuro demonstrou o seu tirocínio. Em meados da década de 90, iniciou-se em Framingham a denominada "Operação Vermelha", que consistia em colocar em leilão edifícios que comprovadamente se encontravam em mau estado de conservação. No final da década de 90, Levon já era proprietário de alguns imóveis, que ele alugava para empresas.

Em dezembro de 1994, o jornal *The Boston Sunday Globe* publicava uma reportagem sobre os newcomers:

> *Atualmente os brasileiros são um dos poucos grupos que investem dinheiro no downtown. Para eles é um sonho, o* American Dream. *É sua fatia da torta, eles se orgulham dela. Enquanto muitos downtowns estão morrendo, o de Framingham vive...*
>
> *Naquele centro da cidade, sinais de decadência estavam por toda parte – lojas vazias, calçadas sujas e pessoas vendendo drogas em esquinas escuras. Então os novos habitantes (*newcomers*) começaram a chegar em torno da última década, com seus sonhos de uma nova vida. Eles vinham de Porto Rico, Costa Rica, Guatemala e Brasil – especialmente Brasil. Alguns encontraram trabalho como operários de construção, jardineiros e garçons. Outros, tendo juntado algum dinheiro desses empregos, alugaram as lojas vazias, limparam suas calçadas e, com a sua presença, ajudaram a expulsar os vendedores de drogas. Hoje, o novo centro da cidade, com menos crimes e mais lojas, levanta-se como símbolo palpável da mais recente mudança dos irlandeses que*

vieram trabalhar na indústria têxtil daquele município [...]. Agora são os brasileiros, liderando uma onda de newcomers de outro hemisfério, a forjar uma identidade em Framingham para o próximo século.

Levon dedicava-se obsessivamente ao trabalho e, desde que Linda se foi, decidiu que ficaria sozinho por um tempo, com a companhia dos livros que Theo providenciava para ele. O que mais os aproximava era o gosto pela leitura, o amor aos livros. Theo, antes de ser um emigrante, cursou em Teófilo Otoni, cidade onde nasceu, até o segundo ano de Direito, sem nenhum interesse verdadeiro em conhecer leis e jurisprudências. Desde adolescente cultivava o hábito da leitura. O que o levou a ir para os Estados Unidos foi o mesmo incômodo e a mesma inquietação que motivaram Levon. A amizade entre os dois se fortaleceu, falavam-se quase diariamente por telefone e frequentavam as casas um do outro regularmente. Às vezes iam juntos a Newark se divertir.

– Levon, de vez em quando tem que dar uma variada, exercitar a fantasia, transgredir... Só não pode se apaixonar. A Aline não merece traição; sobre eu me divertir, penso que ela não se oporia.

– Como não se oporia? Você é louco? Se a Aline ao menos sonhar com as sacanagens que você está fazendo com ela, seu casamento acaba. Você é um canalha!

Theo deu uma gargalhada, a mão esquerda no volante. Com a mão direita fez um gesto amplo, como se mostrasse a paisagem.

– Veja este país, Levon. Veja a América. Eu procuro agir aqui nesta nação como um legítimo americano, como se eu tivesse nascido aqui. Sou um filho adotivo da América, mas me sinto como filho legítimo. Às vezes sinto algum preconceito diante de americanos branquelos, mas isso não me incomoda porque sei que a Nação me quer, porque cumpro a lei, trabalho e pago impostos. Que mais pode querer um país? Impostos, Levon. Vou me naturalizar americano para fingir que sou americano e não sentir mais culpa por gostar dos EUA e não do Brasil. Um país que quer ser Estados

Unidos, um país que adora Hollywood, que adora o *american way of life*, que adora Miami. No Brasil, quando uma família fica rica, a primeira coisa que faz é mandar os filhos estudarem no exterior. Isso depois de comprar apartamento em Miami, Miami Beach!

– Você é colonizado, assim como meu avô, assim como Linda, que só pensa em Miami, shoppings, *outlets*. Não nos querem aqui, Theo. Leio seus jornais, curto sua literatura, como sua comida, acompanho seus costumes, desejo suas mulheres, mas sou pobre, da América do Sul, e eles me detestam, detestam você, nossos pais, avós e bisavós, e arrancam nosso sangue, porque eles são branquelos e têm olhos claros, e nós somos morenos ou mulatos e temos pele, cabelos, olhos e sobrancelhas escuros. Somos diferentes, e eles não nos querem aqui.

Levon sabia que os americanos não os queriam por perto, mas no país deles estavam as oportunidades. Ao ter contato com qualquer autoridade do país, ele sentia medo, ainda que essa autoridade fosse um simples despachante autorizado, ou um guarda de trânsito. As palavras que ele mais dizia eram "sorry, I am sorry". Desculpem pelo incômodo, por estar no país de vocês. Ele aproveitava as oportunidades e prosperava. Quando comprou o primeiro imóvel, reformou-o e conseguiu alugá-lo, ligou para a mãe e para o avô, compartilhando o passo inicial de uma série de bons negócios.

Então, por que o desejo de ser escritor? Por que a frustração de não ter sido? Criar sem finalidade alguma, escrever livros que poucos leem, num mundo inexplicável, onde temos que nos contentar com narrativas parciais, incompletas. Artistas, escritores, pensadores vivem atordoados, sem saber o que filmar, escrever, formular. Ou a perplexidade diante de um mundo louco, onde a alma humana se tornou também inexplicável, é, sim, o combustível da criação? Levon pensou que o melhor a fazer era continuar ganhando dinheiro, coisa que aprendera, ainda que isso não lhe trouxesse nenhum prazer.

A cada remessa de dólares, a mãe de Levon se preocupava. "Levon tem mandado muito dinheiro. Como estará ganhando tanto dinheiro? Ainda bem que meu filho não se parece com o pai, ou eu estaria muito desconfiada desses dólares. Ou eles se parecem? Não, Levon é uma pessoa boa, de princípios..."

Ela estava angustiada, sufocada, apreensiva. O pai não estava nada bem, tinha sido hospitalizado durante vários dias, e o médico aconselhou que fosse levado para casa, evitando infecções hospitalares.

– Levon, precisamos de você. Papai está doente, você sabe, e nós, agarrados a Deus, não deixamos de ter esperança, mas devemos pensar que o pior pode acontecer. Você é um neto muito querido, e seu avô fala sempre que gostaria de te ver.

Levon devia isso ao avô e cuidou de providenciar passagens para o Brasil. Tinha o Green Card e podia fazer essa viagem com a certeza de não ser impedido de voltar aos EUA.

Não sabia se poderia ser útil, mas, se dependesse dele, levaria alguma alegria ao velho, que tinha sido hospitalizado, passou por tratamento, teve uma pequena melhora, e os médicos decidiram que ele continuasse o tratamento em casa. Sua saúde, porém, só fazia piorar.

Quatro dias depois, Levon desembarcava no Brasil, um país apodrecido pela corrupção e pela inflação. O presidente eleito, Fernando Collor de Melo, tinha sido impichado no ano anterior.

Na viagem, vinham as recordações daquele homem que estava morrendo, mas que, quando Levon era adolescente e mais se aproximou dele, era grandalhão e forte, uma cabeça calva e grisalha, coroando um corpo rijo e peludo. Queixo decidido, assim como os olhos, voz grave e imperiosa, com um toque de aspereza. Havia alguma coisa especial que emanava daquela figura, um carisma que todos percebiam. Ele sabia disso e usava isso. O velho jogava no bicho, agradecia a sobrevivência com dignidade, dele e da família, e desde que o Cruzeiro vencesse o Atlético, tudo certo, que se fodesse o resto. Ele tinha jogado futebol até pouco tempo atrás, era um atleta que participava de maratonas, com o entusiasmo dos jovens. Já a avó, coitadinha, era meio zureta, rezava o dia inteiro e tinha um pequeno altar com Nossa Senhora Aparecida num espaço, um nicho, num armário que havia antes dos quartos. Ela era realmente uma figura estranha, uma fada doce e triste, o cabelo branco despenteado, vagando pela casa, zanzando pelos cômodos. O avô, certa feita, apareceu em casa com um brinco. Era uma argolinha dourada na orelha esquerda, pequena para orelha e lóbulo grandes. Quando Levon, ainda adolescente, chegou para vê-lo, pensou: "Isso não é coisa de viado?". Ficou calado. O pai deve ter pensado a mesma coisa e espalhou para os amigos: "Meu sogro está usando brinco, coisa de viado". A avó viu aquilo, não falou nada, foi para seu altarzinho rezar.

O avô tinha horror da velhice. Quando foi fazer um *check-up*, a enfermeira conferiu suas medidas, nessas balanças em que há uma haste movível, que é suspensa e pousada sobre o topo do crânio, para medir a estatura da pessoa. Ele estava pesando 87 kg e medindo 1,79m. "Mas como 1,79m? Sempre medi 1,81m." Ela não só confirmou que ele media 1,79m, como disse, rindo: "Tio, as pessoas diminuem de tamanho quando ficam mais velhas". Essa mulher acabou com seu dia, com sua semana, com o seu mês. "Você me acha velho, Levon? Ela me chamou de tio, Levon!"

Levon e o avô eram amigos. O velho ficou feliz ao receber, antes do prazo, os dólares que havia emprestado ao neto para ele fazer a América! "Levon, você é um vitorioso!" Eles tinham códigos e entendiam naturalmente suas linguagens. Certa vez os dois se avistaram na rua, e o avô estava com uma periguete. Levon, dissimulado, fingiu que não os viu, e ele fez o mesmo. No dia seguinte Levon chegou à casa dos avós e manifestou o desejo de comprar alguns livros. "Mês que vem te dou" – disse o avô. "Quem sabe amanhã, vô?" – replicou Levon, enfrentando-o com olhar cínico. "OK, amanhã te dou os livros."

Levon soube muito tempo depois que, pouco antes de ir para os Estados Unidos, quando o avô recomendara "esquece sua namorada, ouviu, menino?", o velho tinha visto a moça aos beijos e amassos com outro cara. Agora, a pneumonia que se complicou o tinha derrubado; deve ter perdido algo como dez quilos, as faces cadavéricas. A robustez ou a obesidade fazem esticar a pele e disfarçam a mortalidade nas pessoas. Quando se perde isso...

Levon esteve com ele nos seus últimos dias, sua mulher, suas filhas – a mãe de Levon e cinco tias – entrando e saindo do quarto, os netos com olhares assustados. O avô mal o reconheceu, fez um frágil aceno, um corpo velho, olhos fixos no vazio. A feiura da velhice... Entrou uma enfermeira dentuça, dizendo "meu paciente preferido", e enfiou-lhe no braço, já cheio de furos e manchas, uma enorme agulha, de maneira grosseira. Pobre vô! Não podemos alterar o ponto final de uma doença grave, mas podemos modificar para melhor o trajeto, oferecer um tratamento digno, com controle da dor, para aquela pessoa que não deixou de ser alguém por ter limitações no corpo.

A mãe e a avó trouxeram um padre, que não parava de resmungar e assoar o nariz.

– Sua voz está diferente, meu filho – disse a mãe.

"É cagaço, mamãe, medo da morte", pensava Levon.

– Não é nada, mãe – dizia.

E o avô ali, deitado, o cheiro de remédio no quarto, o ar parado, a sensação de vazio, os dentes grandes, amarelados, entre os lábios secos entreabertos, o leve gesto que conseguiu fazer quando o viu, levantando a mão, de dedos nodosos e manchados, e paralisando-a no ar sem conseguir completar o movimento.

Quem é esse velho morrendo? Eu quero meu outro avô, de antes, forte, vigoroso, de brincos na orelha.

"A velhice não é uma guerra que se possa vencer. A velhice é um massacre", Levon pensou, se lembrando de Philip Roth. O corpo estava lá na cama, com seus órgãos funcionando, o coração bombeando sangue, irrigando todo o organismo do velho. Mas seu espírito, aquela chama, estava partindo.

A tênue chama de vida no corpo do avô foi se apagando. E apagou de vez, aos setenta e sete anos de idade.

Depois do enterro, Levon voltou para os Estados Unidos e, já em Framingham, marcou com Theo para se encontrarem. Precisava conversar com alguém para tentar dissipar o mal-estar que sentia com a morte do avô. Com a morte.

7

– Levon... – a tosse seca, que o incomodava, quebrou a pergunta – por que o nome Levon? De onde seus pais tiraram isso? Sempre quis saber a origem desse nome.

Era Theo, com expressão crítica. Antes que Levon começasse a responder, tomou meio copo de cerveja, de uma só talagada.

– Meu pai nasceu no Estado do Rio, na Baixada Fluminense. Conheceu um judeu armênio comerciante de pedras preciosas, que tinha garimpos em Governador Valadares, Teófilo Otoni, Araçuaí... e ele se chamava Levon. Era um sujeito poderoso, de muita grana e de muita generosidade também. Ele levou meu pai, então solteiro, para cuidar de seus negócios no norte e nordeste de Minas Gerais. Antes de conhecê-lo, meu pai cuidava de fazer, no Rio, alguns negócios suspeitos, pequenos trambiques, e se metera a negociar pedras preciosas, daí ter algum conhecimento do setor. O velho era uma pessoa muito simpática, galanteador, farrista, e caiu no gosto do Levon, um *bon-vivant*. Ele acabou se instalando em Governador Valadares, onde se casou com minha mãe e constituiu família. Levon ia a Valadares com frequência, se instalava sempre no mesmo hotel, no centro da cidade, e vinham os inúmeros amigos, a maioria pedristas, para rodadas de uísque e bate-papo. Todos gostavam muito dele. Meu pai acabou criando seu próprio negócio, se tornou independente do Levon, mas nunca deixou de ser seu amigo, e continuou dando toda assistência a ele. "Devo tudo que tenho ao Levon", dizia sempre. Quando nasci, meu pai quis homenageá-lo e me batizou com o nome dele, que foi meu padrinho de batismo, com aprovação da minha mãe.

Theo tossiu a tosse seca, persistente. Às vezes ela vinha como uma onda, repetida, irritante, mas acontecia também que ela se espaçasse mais, dando uma trégua.

– Levon, não consigo explicar essa tosse, ela não resulta em eliminação de nenhuma secreção, nada. E por que tusso? Porque parece que tenho, no interior do organismo, uma pena, uma pluma, que, cheia de filamentos, surge do esôfago, sei lá, e chega na garganta provocando cócegas que resultam na tosse. Às vezes tomo água ou outro líquido, outras vezes engulo saliva para afogar ou pelo menos umedecer essa coisa e deixá-la mais lubrificada, menos irritante, mas não tem jeito. Ela vem de novo, áspera, e tenho que tossir. Mas, quando bebo cerveja, meu amigo, aí é diferente. A partir do primeiro gole gelado, refrescante, eu inundo minha garganta seca, e continuamente, em ondas de um tsunami de prazer. Adeus, tosse.

Theo era desses que não gostam de andar, correr, se exercitar, preferindo se afundar numa poltrona, tomar cerveja, queimar um baseado e ler. Então ele pegou do bolso um beque de uns dez centímetros, fez crepitar a palha do tarugo e jogou tudo para a cabeça.

– Sempre me senti com mais direitos aqui como imigrante, e mesmo quando eu era um ilegal, do que no Brasil, como cidadão brasileiro de merda. Não tem docinho de leite e tutu de feijão da mamãe que compense a liberdade. Dá um tapinha?

– Não, obrigado. Também não vou tomar cerveja.

– Uma hora dessas, vou acabar vendo você na Assembleia de Deus. Tem mais: ficam brasileiros e hispanos com essa choradeira de solidão, de estarem rebaixados em subempregos, mas quando chega a sexta-feira e recebem os dólares, se esquecem das lamúrias.

Theo tinha o Green Card, sempre trabalhou muito e conquistou sua independência financeira. Moreno, com barba rala, rosto enrugado, olhos negros muito vivos, quando começou a ficar calvo raspou a cabeça e nunca mais deixou crescer os cabelos. Era casado, de papel passado, com Aline, uma brasileira que conheceu em

Newark, e tinha dois filhos. Era muito trabalhador, mas para ele o trabalho deveria estar associado a alguma criatividade e tinha que ser livre de horários, de regras. A criatividade no trabalho, entendida por ele, incluía algum tipo de trapaça, de esperteza.

– Levon, o trabalho é coisa sagrada, é dele que tiramos o sustento, vencemos ou perdemos com ele. Não há dignidade sem trabalho.

Levon não dizia nada, só pensava: "Que porra de discurso idiota desse maconheiro".

Levon se despediu de Theo e não estava melhor do que quando o encontrou.

"Encontros tenebrosos com a morte? Estou com trinta e quatro anos! Preocupe-se com a sua morte", dizia a si próprio, "quando estiver com oitenta. Em um futuro longínquo, você terá tempo de sobra para se angustiar pensando no desfecho final. Por ora, sofra somente – o que já é muito – com essa horrível sensação de que você, um empresário, num país que não é o seu, vê tudo isso, o trabalho, o sucesso, como absolutamente inúteis. Aonde vai me levar tudo isso? O que me espanta é o fato de me sentir tão triste".

Ele sabia que tinha que continuar sua jornada e que o trabalho contribuía para que se sentisse menos frustrado. O que mais interessa ao homem, além de si mesmo? Trabalhar e ter esperança. Qualquer esperança.

O abatimento de Levon com a morte do avô permaneceu incrustado nele, trazendo sonhos, pesadelos e um sentimento permanente de aversão à morte, ainda que a presença dela em seus pensamentos tenha passado a ser uma constante. O que alimentava esse amargor eram a solidão e a rotina pesada do dia a dia. Quando a solidão se juntava aos pensamentos mórbidos, a fuga para Levon era mergulhar no trabalho, nos livros, ou caminhar pelas noites de Framingham, sem saber aonde ir, até ficar exausto e, enfim, poder dormir.

8

A chuva da noite, pesada e inesperada, que tinha começado mansa, lavou a terra e a atmosfera e fazia um domingo com cara de domingo, de céu claro e azul. Levon estava em casa lendo, ao som de Miles Davis, uma porção de camadas de melancolia e variações sonoras, quando toca o telefone. Theo, preocupado com o estado depressivo de Levon, disparava telefonemas insistentes a qualquer pretexto.

– Levon, é o Theo. Estou aqui em casa de bobeira e resolvi te ligar. No mês que vem (estavam em abril de 1997), você sabe, virão aqui para Framingham políticos, prefeito, vereadores, presidentes de entidades da sua cidade. Fico pensando: o que esses caras vêm fazer aqui? Vêm para serem recebidos pelo prefeito e pelo cônsul, numa cerimônia que vai tornar as duas cidades cidades-irmãs. Ora, Framingham é uma das mais antigas cidades da Nova Inglaterra; em 1647, chegou aqui o primeiro colono branco, está no Google. Sua cidade, Governador Valadares, tem, sei lá, 60 anos, é uma cidade falida, que precisa de remessas de dólares dos emigrantes, dos nossos dólares. Framingham tem 350 anos. Que babaquice é essa de cidades-irmãs? Me faça um favor, Levon, mande esses caras de volta pra sua cidade. Sabe qual o significado de Framingham? "Terra que acolhe bem os estranhos". Mas não esses estranhos que estão vindo para encher o saco, com essa história idiota. Não suporto esse tipo de babaquice, me dá enjoo. Que idiotas esses seus conterrâneos!

– OK, Theo, você ligou para isso?

– Sim, para isso.

Levon tinha lido o jornal diário de Governador Valadares, com reportagem sobre o assunto:

Diário do Rio Doce – quarta-feira – 30/4/97

Prefeito e comitiva embarcam para os EUA

O prefeito Bonifácio Mourão embarca amanhã para os Estados Unidos, acompanhado de uma comitiva formada por representantes da prefeitura de Governador Valadares, Fiemg, Banco do Brasil, Associação Comercial e entidades locais. O objetivo de Mourão é visitar os valadarenses residentes na América. (...) O prefeito Mourão e sua comitiva vão desembarcar primeiramente em Boston.

– Lembra daquela morena gostosa de Newark que eu estava sarrando e fez você ficar excitado? Pois é, esta semana vou a Newark e vou te levar comigo. Topa?

– Não tem ninguém te ouvindo, Theo? Acho que vou topar, estou mesmo precisando.

– Tem não, mineiro, ninguém ouvindo. Você deve estar sabendo que o Fernando Henrique venceu as eleições no Brasil...

– Sim, claro.

– Pois é, Levon. FHC comeu o rabo do Lula. Não deu nem para levar para o segundo turno. Já te disse que o FHC é meu ídolo? Um gênio, que conseguiu debelar uma hiperinflação de uma cacetada de dígitos. E ainda tem idiota que fala que foi o Itamar Franco. Ora, Itamar é um retardado lá de Juiz de Fora; FHC veio da Sorbonne, estabilizou a economia, enfrentou a crise do México em 1995, está enfrentando a crise asiática, fez tudo certo até hoje. O azar dele é ter na oposição um partido como esse PT, sob o comando de Lula, José Dirceu etc. Esses caras são malucos. Agora, mesmo com a reeleição de FHC, continuo não acreditando no Brasil. Na minha opinião, um país inviável pela falta de educação do povo, pela estupidez que toma conta de tudo por lá. O Brasil é um imenso país preparado para as pessoas desperdiçarem suas vidas. O brasileiro não é respeitado como cidadão, o Estado não fornece segurança: sua propriedade, seu bem-estar, suas vidas são ameaçadas continuamente. Quase tudo que o governo diz é mentira; tudo que você conquista é roubado em impostos – uma rapinagem –, e o mérito pessoal é malvisto. O Brasil tem tudo para não dar certo.

– Você está exagerando, Theo. Você nem deveria ficar insistindo nisso. O Brasil é nosso país, nossa terra, e vejo grandes possibilidades para o futuro do Brasil.

– Não estou exagerando, não! Anote aí, o Brasil é inviável. Mas hoje estou alegre. Por que você não passa aqui em casa, para tomarmos uma cerveja e fumarmos unzinho? Podemos falar sobre o Brasil, e você está livre para me convencer de que nosso país tem jeito. Podemos falar de livros, de música. Estou alegre!

– Fica para outro dia, Theo, obrigado. Amanhã a gente se vê.

O telefone toca insistente. Levon, depois de um dia extenuante, está recostado na poltrona, copo de cerveja na mão, tentando relaxar. Estende a mão livre, preguiçosa, pega o telefone e atende. "Deve ser o Theo."

– E aí, mineiro, tudo bem?

– Tudo OK.

– Chegaram livros, Levon.

– Ótimo! Se eu não estivesse tão cansado ia buscar esses livros agora mesmo, mas não estou conseguindo nem me levantar. Amanhã passo aí para pegar; hoje estou bom para baixar hospital.

– Quando vier, me ligue, coloco umas cervejas no freezer. Precisamos nos encontrar mais, temos passado muito tempo sem nos vermos.

– Sabe por que, Theo? É porque nessa porra de lugar não tem boteco. Na minha cidade tem um bar em cada esquina. Os problemas da nação são resolvidos em mesa de boteco. O país se resolve no *happy hour*.

– Em Teófilo Otoni também é assim. Por falar em nação, FHC já fez cagada logo no início do seu segundo mandato. Mexeu na porra do câmbio, coisa que ele afirmava que não faria. O câmbio vai quebrar empresas. É como eu falo sempre para você: nosso país é inviável, os políticos, nenhum deles merece nossa confiança.

Mas o Brasil não tem exclusividade em fazer maluquices. Você vê o que a Europa está fazendo; criou uma moeda, o euro. É a maior reforma monetária do século 20. Os dirigentes europeus dizem que, a partir do primeiro minuto de 1999, o nascimento da nova moeda será o ponto de partida para uma Europa moderna e unificada. Besteira. O que a Europa quer mesmo é fazer frente ao dólar. Como se ela pudesse. Misturam Alemanha com Portugal e Grécia. Não vai dar certo, tanto é que o Reino Unido, a Dinamarca e a Suécia estão fora.

– Pô, Theo, não é bem assim. Tem chance de dar certo. Você está cultivando pessimismo, primeiro e sempre com o Brasil, e agora com a Europa. A história da Europa tem sido de guerras, e agora a ideia é de se fazer uma unificação. Que há de errado nisso?

– Levon, você às vezes é muito ingênuo.

– Não vamos discutir. Amanhã te ligo, vou à sua casa, você enrola um baseado, e tudo bem. Tchau.

– Tchau!

9

Levon atendeu ao telefone, que tocou estridente. Não era o Theo.

– Levon, é sua mãe.

– Mãe, que bom falar com você. Desligue, ligo de volta. Telefonia aí no Brasil custa muito caro.

– Meu filho, a primeira coisa que quero te dizer é para você parar de mandar dinheiro para mim. Sexta-feira agora chegou outra remessa, e eu não tenho o que fazer com esse dinheiro. Por favor, pare com isso.

– Ora, mamãe, faça uma reserva. Guarde o dinheiro para quando precisar...

– Por favor, Levon, obedeça à sua mãe e pare com isso. Depois eu quero te dizer que estou morrendo de saudades de você. Quando você vai voltar? O seu lugar é aqui na sua casa, na sua cidade, no seu país. Volte para casa, querido.

– Voltarei em breve, mamãe.

– Quero te dar uma notícia: sua irmã vai se casar. Já marcou data e tudo, vai se casar no dia do aniversário de 27 anos dela, junho agora, dia 15.

– Que notícia boa, mamãe...

– Mas ando preocupada com ela. O noivo não me transmite nenhuma confiança, e sua irmã, você sabe, é muito ingênua. Torço para dar certo, mas estou muito apreensiva. De todo modo, é uma decisão dela, que já não é nenhuma criança.

– Ela está por aí, mamãe?

– Não, não está. Saiu com o noivo, e eu aproveitei para te ligar. Depois ela vai falar com você sobre isso.

– Não se preocupe muito com sua filha, ela é uma moça muito ajuizada.

"Quem sabe terei sobrinhos?" – pensou Levon, que não compreendia como uma moça tão bonita, meiga e inteligente, ainda não tinha se casado.

– Mãe, vai dar tudo certo. Amanhã ligo para ela.

Levon ligou, a irmã atendeu com sua voz doce e delicada.

– Minha irmãzinha querida. Mamãe me falou que você vai se casar. Achei isso o máximo.

– Ah, mamãe te contou. Eu ia te ligar para dar a notícia.

– Tem como você me dar pelo menos três sobrinhos? Estou feliz por você. Vou enviar um valor na conta de mamãe para antecipar meu presente de casamento. Isso talvez ajude na cerimônia e na festa.

– Não faça isso, Levon. Você já tem mandado muito dinheiro...

– Vou enviar cinco mil dólares, e assunto encerrado.

– Levon, não faça isso, é muito dinheiro. Nossa família, você sabe, é simples, meu noivo também é de família humilde, e pretendemos fazer uma cerimônia básica, sem gastar muito. Mamãe e eu temos algumas economias, e papai vai ajudar também.

– Não é muito dinheiro. O que estou ganhando aqui na América me permite fazer isso. E você merece muito mais. Agora, no dia do casamento vou ter que fazer um bate-volta, porque a rigor eu nem poderia sair daqui. Muito trabalho, precisa ver.

– Sei que você trabalha muito, mas não vou abrir mão da sua presença. Afinal sou sua única irmã, e você sabe o quanto te amamos.

– Vou estar aí, com certeza – disse Levon, pensando em quão pouco havia convivido com a irmã.

Dois dias antes do casamento, Levon embarcou para o Brasil, com passagem de volta marcada para três dias depois.

O casamento foi lindo. Levon estava orgulhoso da irmã, que estava muito bonita. O noivo, realmente, não transmitia firmeza e confiança, mas, enfim, estavam casados e só restava torcer para dar certo. Levon não acreditava nisso, ele não acreditava em casamento. Depois da cerimônia, os familiares dos noivos e os amigos mais próximos se reuniram num salão de festas para celebrar. Levon estava animado e gentil, conversando com todos, especialmente com aqueles que demonstravam curiosidade sobre sua longa permanência nos Estados Unidos. Com o pai falou pouco; desde a sua chegada ao Brasil, causou-lhe estranheza e desgosto sua ausência em todos os preparativos para o casamento, e seu desinteresse pelo assunto, que mobilizava a família.

Quando Levon embarcou de volta para os Estados Unidos, estava preocupado com a mãe, que tinha ficado sozinha, agora sem a filha. Ela envelhecera e provocou em Levon um sentimento ruim, de pena.

Era uma sofredora. Não era, nem nunca tinha sido, uma mulher bonita, ou atraente – Levon olhava as fotos da mãe quando jovem, tentando encontrar algo que tivesse uma chama. Morena, um pouco dentuça, cabelos ralos e sem vida. Às vezes pensava se não seria melhor que ela se libertasse dessa dor monótona e cotidiana; que sofresse muito de uma só vez, se afogasse na dor, para então se ver livre do sofrimento.

Ela passou a ligar quase diariamente.

– Levon, você não quer voltar para casa, filho? Estou muito sozinha. Queria tanto que você estivesse aqui no Brasil...

– Vou voltar, mamãe. Não demoro a voltar.

– Levon, pare de mandar dinheiro e volte para casa.

– Levon, seu lugar é aqui no Brasil. Volte para casa, filho.

– Levon, volte para casa, precisamos de você. Sua irmã mal completou seis meses de casada, e a relação dos dois já não está muito boa.

– Volte, Levon. Sinto muito sua falta, agora que não tenho sua irmã comigo. Metade da sua vida você passou longe de mim...

Além dos lamentos da mãe, notícias inquietantes sobre o relacionamento da irmã com o marido, sobre a suspeita de que ele fosse estéril, sobre os desarranjos familiares em geral.

10

Transcorridos mais de quatro anos desde o casamento da irmã, quando da sua última estada no Brasil, já se podia dizer que Levon era um homem rico. O negócio dos imóveis tinha prosperado e ele ganhou muito dinheiro. Era como se tivesse encontrado na encosta da montanha um ponto exato para furar um túnel e bamburrar, coisa que o pai não havia conseguido, mesmo furando túneis a vida toda. O casamento da irmã tinha acabado. Alguma surpresa? Levon não se surpreendeu quando soube que o casamento tinha durado somente um ano ou menos. Ele nunca acreditara que durasse muito. A irmã voltou para a casa dos pais, para junto da mãe, diminuindo assim os apelos para que ele voltasse para o Brasil.

O inverno em Framingham estava gelado, e aquele clima hostil contribuiu para Levon tomar a decisão – que já vinha alimentando – de viajar ao Brasil. Era o ano 2000 e havia toda a mística da virada do século, e aquelas histórias de tensão pré-milênio, profecias de Nostradamus, apocalipses variados, e diversas ameaças à humanidade. Passar o Natal e o Réveillon em Governador Valadares, e ficar por mais quinze dias talvez. Quem sabe assistir o Bug do Milênio. Theo dizia que o Bug duraria até as monumentais ressacas pós-Réveillon e que aquilo tudo era uma bobagem.

Comprou presentes, com especial carinho um notebook para a mãe. Havia decidido ensinar à velha fundamentos do computador para que se comunicassem por e-mails, ainda que essa forma de comunicação fosse incipiente no Brasil, atrasado tecnologicamente. Mais tarde, ela se tornaria uma internauta e podia enviar e-mails com a pergunta de sempre: "Você não quer voltar para casa, filho?".

Levon tinha em mente que, se fizesse contatos no Brasil, com pessoas certas, envolvidas no negócio, talvez pudesse ganhar algum dinheiro, fazendo remessas de dólares dos EUA para Governador Valadares e toda a região. Remessas de dólares faziam aquecer a economia e davam lucro para doleiros. Conhecia a história de vários imigrantes como ele, que enviavam dólares para o Brasil, onde os parentes procuravam investir, em geral de forma equivocada. Somente em Framingham moravam cerca de 2.400 brasileiros e a estimativa, de 1993, para a grande Boston era de uma população de 150 mil brasileiros.

Desembarcou no Brasil no final de dezembro, sob um calor sufocante, e percebeu que "sua mãe, seus amigos e parentes tentam te considerar como simples ausente, mesmo depois de muitos anos, e que a qualquer momento você estará de volta, exatamente como antes, ao lugar de onde jamais deveria ter saído". A cidade onde nasceu. Pessoas apressadas nas ruas, sob um calor imenso, para tirar algum dinheiro umas das outras, para beber suas cervejas, sonhar seus sonhos miúdos, suas caras cheias de estúpida importância. Essa frágil e egoísta população com sua pressa pobre, pagando cartão de crédito, carnês de IPTU, escolas dos filhos, imposto de renda; aquela paranoia coletiva.

Quando foi para a América, e abandonou essa paranoia, era uma pessoa disponível, levando consigo a sensação de que aventura era isto: ser um anônimo, um estrangeiro na terra da promissão, no país mais rico do mundo. Poderia levantar no meio da noite ou sair à tarde para não fazer nada, passar a noite num bar entre estranhos. Um anônimo, um estrangeiro.

Não é nada disso, Levon.

Havia a festa de aniversário de um amigo do pai. O salão de eventos preparado para a ocasião era grande; o assunto nas rodinhas era sempre sobre pedras preciosas, bamburros e a morte de um doleiro ocorrida na noite do dia anterior. Ele, o doleiro, estava chegando à sua casa numa dessas enormes caminhonetes de cabine dupla, parou o carro, acionou o controle para abrir o portão da garagem, quando dois tiros o atingiram no tórax e na cabeça. O atirador saiu da cena, tranquilamente, sem que ninguém se atrevesse a abordá-lo, e a polícia somente chegou ao local do assassinato quase uma hora depois, a rua já cheia de curiosos. Teria havido um conflito com doleiros do Rio de Janeiro, e Levon presumiu que o assassino era provavelmente um profissional, um justiceiro. Há sempre razões para se matar um homem, alguém dissera. Naquele ambiente de festa, o episódio foi logo esquecido, na medida em que garçons serviam bebidas e todos já se encontravam meio bêbados.

Levon estava incomodado com o pai, velho ridículo, que ignorava a mãe, de uma forma cruel, paquerando e dançando com outras mulheres. O ambiente era desagradável; poucas pessoas jovens, muitos velhos decadentes, gagás e brochas, viciados em álcool e Viagra. Ele olhou em volta, avistou a mãe infeliz e servil entre amigas, depois viu a irmã em um canto do salão. Quando se aproximou dela e a abraçou, a cabeça colada ao seu peito, sentiu a umidade dos seus olhos. Com 32 anos, recém-saída de um casamento frustrado, que não foi sequer capaz de produzir filhos – a família deles ia acabar; nem ele nem ela teriam filhos, pensou Levon –, era uma morena bonita, mas com marcas de desilusões no rosto fino e alongado. Os sofrimentos que o pai infligia à mãe marcavam a expressão das duas, mãe e filha. Levon não conviveu muito com ela. Quando foi "fazer a América", a irmã tinha apenas 15 anos. Havia certa desconexão entre o rosto e o corpo dela – rosto de uma mulher bonita, mas já com sinais da idade, cabelos escuros e presos, afastados das faces, olhos negros. O corpo escultural era o corpo de uma adolescente, um corpo sadio e sem marcas de envelhecimento. Levon não pôde deixar de pensar em como uma mulher como ela podia estar morando com os pais, levando uma vida recatada e medíocre. Os três – Levon, a mãe e a irmã – decidiram ir embora, já era tarde e todos tinham compromissos no dia seguinte.

"Pai, que tal irmos embora? Já está tarde." O velho reagiu: "De jeito nenhum, a festa está bombando, e vocês querem ir embora? Podem ir, eu fico". Ele já estava bêbado.

Três dias depois do Natal, Levon estava no escritório de um amigo no Plaza Center, um edifício comercial no centro da cidade, o calor era sufocante e com mais de uma semana no Brasil ainda não se acostumara. Súbito, o escritório e depois todo o andar foram tomados de um grande tumulto. Correria, gritos histéricos, que agora se espalhavam por todo o edifício. Outro doleiro tinha sido assassinado, dois andares abaixo. O assassino entrou no edifício, sem ter sido reconhecido, foi àquele escritório sabendo o que e como ia fazer. Pediu para falar com sua vítima e, quando entrou na sua sala, sacou a arma com silenciador e atirou duas vezes, atingindo-a mortalmente. Depois saiu calmamente, entrou no elevador, passou pela portaria e misturou-se à multidão na avenida. Quando conseguiu sair daquele edifício, aterrorizado, Levon estava decidido a antecipar sua volta aos Estados Unidos, ainda que tivesse que pagar um preço extra pela mudança na data da passagem aérea.

Ele sabia que sua cidade e região eram violentas, mas nunca tinha sentido a violência tão próxima.

– Vai viajar por quê, meu filho? Estamos tão felizes de tê-lo aqui conosco.

– Mãe, minha volta antecipada nada tem a ver com nada aqui no Brasil. Eu estou, também, muito feliz de estar com vocês, mas tenho de voltar para meu trabalho e me preparar para a feira de Tucson, que acontece daqui a pouco mais de 30 dias – mentiu Levon.

Sua irmã sorriu, um sorriso doce e melancólico. Você acha que ela está tentando tranquilizá-lo, e não lhe ocorre que seja ela que está em busca de conforto em você, seu único irmão.

11

Caía uma chuva fina, dessas que parecem penetrar nos ossos, o dia estava frio em Framingham. Era fevereiro, e Levon estava de volta, depois de oito dias em Tucson, numa feira de pedras preciosas que ele e Theo visitavam todos os anos. Lá conheceu Nina e achava que tinha encontrado a mulher da sua vida. Dias seguidos junto a essa mulher que parecia tê-lo enfeitiçado. Theo assistia aquele romance, desconfiado, e não dizia nada.

Havia um e-mail da mãe: "Levon, estou me separando do seu pai. Já procurei um advogado. Não posso mais viver com uma pessoa que odeio. Sei que você entende o que estou fazendo".

Levon ligou.

– Mãe, o que houve?

A conversa foi longa: "que seu pai isso, que seu pai aquilo".

– Mãe, vocês estão casados há quase cinquenta anos, não dá para superar isso?

– Quarenta e cinco anos de casamento e sofrimento. Não dá, meu filho.

Ela foi falando, o tom de voz cresceu, já quase gritava, exaltada. "A coisa era grave", pensou Levon. Ele não podia fazer muita coisa. O pai sempre teve uma aura sinistra, a capacidade de gerar inquietação. Era uma figura detestável. Todos esperamos um momento para acusar um pai, uma mãe, uma irmã ou irmão, justificar, condenar alguém, ou nos compadecer de nós mesmos. Agora via com clareza: ele odiava o pai, mas era perito em esconder seus sentimentos da família. Fazia isso sem nenhum esforço. Seu caráter se moldou no menino que tinha sido, de vida endurecida, com o pai bruto e a mãe servil, como algozes de sua infância e adolescência. Se tivesse se tornado um escritor como sempre quis, o primeiro livro teria como título *A falta do pai*. Nesse livro, ele contaria sobre o momento crucial, detalhe decisivo para sua fuga para a América: "Vamos pra rinha, garoto".

Estava terminada a longa batalha entre seu pai e sua mãe. Um tempo que parecia interminável, do qual ele tinha sido testemunha por um período, pensando em como sua mãe podia suportar tanto sofrimento. Ele fugira disso. "Ah, minha mãe, como sofreu aquela mulherzinha pequena e valente! Amara meu pai com todo servilismo das mulheres de sua geração. À medida que a idade avançava, ele foi se afastando dela. Tinha sempre compromissos, negócios, ia conversar com o advogado ou com o dono do gerador do garimpo, ou com o gringo que ia comprar sua coleção de pedras. Desculpa para ir para os bares, boates, salão de sinuca, atrás de putas, voltando de madrugada para casa, encharcado de birita."

Levon ligou para a irmã, tentando encontrar uma saída:

– Não há nada que se possa fazer?

– Não há nada a ser feito, Levon. Todo pedrista, você sabe, tem fases de riqueza e de miséria. Nós vivemos isso. Ora se enchem de dinheiro, gastam tudo, e acabam quebrando de novo. Nossa mãe suportava tudo isso, mas agora é diferente, porque nosso pai não precisa mais dela. Junto com amigos, passou a explorar uma jazida bastante rica, num buraco que vinha furando há anos, e onde enfiava quase todo dinheiro que ganhava. Eles bamburraram, ganharam muito dinheiro, e desta vez ele resolveu mudar o rumo das coisas, comprou uma fazenda, onde cria gado. Está mais estabilizado na vida. E o pior: mamãe suspeita, mas não tem certeza, que ele está com outra mulher.

– Ele sempre esteve com outras mulheres.

– Mas agora é diferente...

Levon ficou abatido. Qualquer coisa que se relacionasse à sua mãe tocava fundo nele. Ele gostaria de se livrar desse sentimento, sem conseguir. Quanto mais amarrado à família, menos tinha controle sobre sua vida. Sua deliberada independência era o elemento fundamental de sua força. Por isso, ele conseguira dar início a uma nova vida, em um lugar desconhecido até então, deixando para trás familiares e amigos, sem remorso.

12

Eram pouco mais de oito horas de uma manhã ensolarada. Haviam chegado de Newark, debaixo de chuva, na noite anterior, em Manhattan. Tinham tomado o café da manhã e estavam saindo do lobby do hotel. Theo, agitado, falava sem parar.

– Levon, você tem acompanhado as mentiras do cara em quem o povo brasileiro está apostando? O partido do Lula é como uma religião, uma seita, são loucos, e aquele nosso país é um poço de ignorância. Vão votar nele e elegê-lo.

– Não é bem assim, Theo. O Brasil está fazendo uma tentativa legítima, depois de oito anos de FHC. O Brasil está num momento ruim, com a economia fragilizada...

– Quer saber, Levon? Que enfiem a economia brasileira, o Lula e o partido dele no rabo, e vamos mudar de assunto. Vamos falar de sua nova paixão, porque você pensa que está apaixonado. Eu acho que você não ama de fato a Nina. O que houve em Tucson foi que ela fez em você um boquete que você não consegue esquecer. Você chegou ao hotel completamente bêbado e me contou. Talvez se arrependa de ter contado, porque se não tivesse contado, eu poderia compartilhar com você dessa mentira que você está contando a si mesmo, de que ama a Nina.

Enquanto ouvia Theo com aquele palavrório interminável, Levon pensava na noite em que ouviu de Nina algo que nunca esqueceu, estava linda, a pele dourada com sardas nos ombros, o sexo úmido, e ela dizendo: "Vem, garoto sacana, vem. Me come!".

– Theo, o que é o amor?

– Que papo é esse de o que é o amor? Leia menos esses "escritores brasileiros contemporâneos" que você tanto admira; estão te fazendo mal. Leia mais Faulkner, leia mais Céline. Eu não sei o que é amor. Nem sequer sei se amo Aline, com quem estou casado há uma porrada de tempo. Agora, no momento, sei que temos que ir àquele hotel buscar nossos dólares prometidos por aquele pedrista brasileiro, lá em Tucson. Ele está cumprindo a promessa, coisa rara em brasileiros. Vamos lá pegar o que é nosso. Eu quero o meu. Vamos lá. Levon, outro dia fiquei sabendo, ao ler um livro de autor indiano, que as únicas nações do planeta que jamais se deixaram governar por estrangeiros são a China, Afeganistão e Abissínia, sabia?

Então a coisa aconteceu. Um avião penetrou em uma das torres do World Trade Center. Eles estavam a poucas quadras da tragédia, que agora assistiam ao vivo nas tevês, todas as tevês, em todos os lugares. Em câmera lenta, a parte superior da torre se enrolou sobre si mesma, numa infernal nuvem de poeira, e estava caindo sobre sua base, despencando aos poucos. Outro avião atingiu a segunda torre, então um som terrível, como o ruído de um imenso gerador, encheu a atmosfera, e ela imitou a vizinha, desmoronando na poeira de sua antiga altivez. Era uma força que a América ainda não enfrentara. O mundo e especialmente os nova-iorquinos estavam perplexos com aquela sequência de imagens inexplicáveis das torres, depois de atingidas, ruindo de uma maneira assustadora. Nova York, os Estados Unidos e o mundo estavam em pânico.

Levon teve a certeza de que centenas de pessoas estavam morrendo, e pensou que muitos brasileiros, que trabalhavam como engraxates, *bus boys*, estariam sob os escombros, sem nenhum registro. Theo pensou outra coisa.

– Puta que pariu! Puta que pariu, Levon! Esse cara venceu a guerra!

– Que cara? Que guerra?

– Esse muçulmano filho da puta. Esse cara é foda. Venceu a guerra! Bin Laden venceu a guerra! Anote aí, Levon. Você tem dúvida de que isso é uma guerra? Quero ver o que vai fazer o Bush, se tiver alguma coisa que possa ser feita depois da porta arrombada. Esses terroristas da Al Qaeda vão se sentir vitoriosos depois dessa tragédia e vão disseminar ainda mais o terror pelo mundo. Anote aí, Levon: a vida para imigrantes, para nós, vai se tornar mais difícil. Qualquer um de nós pode ser visto como inimigo, como terrorista, e as barreiras para evitar que entrem imigrantes nos Estados Unidos vão aumentar. Ano passado, a Patrulha de Fronteiras prendeu milhares de migrantes que entravam ilegalmente pela região oeste do Arizona. Desses, 36 morreram. No Deserto de Sonora, quanto mais patrulhas, pior, porque os migrantes são abandonados mais frequentemente pelos coiotes, que mentem, dizendo que Phoenix fica a dois dias de caminhada, quando na verdade a caminhada seria de uma semana ou mais. Com a temperatura podendo atingir 54 graus centígrados, aqueles pobres coitados vão morrendo como moscas. No verão, desidratação; no inverno, hipotermia. Um verdadeiro inferno. Centenas de ossadas humanas, restos mortais não identificados, encontrados na fronteira dos EUA e México, aguardam por identificação no condado de Pima, em Tucson. Poderia ser um de nós. Tudo isso vai piorar. Os Estados Unidos não querem saber de estrangeiros, não querem saber de nós. Passei por algo parecido, não de forma tão dramática, mas posso avaliar o sofrimento e o desespero desses migrantes. Ninguém deveria morrer por tentar uma vida melhor. Anote aí, Levon, tudo vai piorar. Você abre a guarda, e este país fode com você.

Levon balançou a cabeça, atordoado. “Isso não é verdade. É horroroso demais; não pode ser verdade. As torres estão no chão...”

– Os americanos, ao assistirem o terrorismo, ao assistirem as torres, símbolos do seu poderio, serem destruídas, estão vendo a si mesmos, que fizeram terrorismo no passado. Ou não seria terrorismo a limpeza étnica ter se tornado política de Estado nos Estados Unidos, no século 19, quando nas disputas territoriais os aborígenes apalaches, sioux, cherokees, comanches e diversas outras etnias representavam um obstáculo para o progresso econômico capitalista e a integração nacional do país?

– Terrorismo de Estado. Como os alemães com os judeus – acrescentou Levon.

– Os yankees mataram mais indígenas do que os alemães mataram judeus. No movimento dos anglo-saxões para o oeste dos Estados Unidos, milhões de indígenas foram dizimados. Era um panorama de terror, e os yankees eram os terroristas. Sem contar que um vasto território que constituía a maior parte do México passou a ser território americano, sob um governo expansionista e imperialista.

– Naquele tempo, você só ficava sabendo das tragédias muito tempo depois, não era como agora, que você assiste a tragédia quando ela está acontecendo. Isso é que me assusta – disse Levon.

– É verdade. Depois o cinema americano nos passava versões fantasiosas nos faroestes que eu adorava, com aqueles carroções cheios de valentes famílias puritanas sendo atacadas por malvados índios de pele vermelha. Olhando pelo retrovisor, não vemos sinais de bondade nem generosidade nesse povo.

– A generosidade do povo americano foi deixar para os indígenas os cassinos de Las Vegas – disse Levon.

Depois da tragédia, o dia em Manhattan foi tumultuado e tenso, então Levon e Theo só conseguiram pegar os dólares com o pedrista brasileiro no dia seguinte, para contrariedade de Theo, que não parava de dizer como um mantra: “Puta que pariu! Esse muçulmano é foda".

A partir daquele 11 de setembro, a vida nos Estados Unidos tornou-se mais difícil para imigrantes, a discriminação aumentou. O estrangeiro passou a ser mais estrangeiro, e o Eldorado passou a brilhar menos. O olhar do estrangeiro é o olhar da descoberta, da surpresa. Agora tudo já estava descoberto, e não havia outra surpresa que suplantasse a queda do World Trade Center.

Quando voltavam para Framingham, Theo não cessava o falatório:

– A política externa americana vinha semeando o ódio aos líderes americanos e seu povo. Você viu, Levon, o prefeito Giuliani imediatamente demonstrou compaixão e tristeza, mas o babaca do presidente Bush Jr. sumiu por dez horas, e depois fez um discurso patético. A xenofobia e a prepotência causaram a tragédia.

13

Tucson é uma cidade localizada no condado de Pima, no Arizona. Fica numa região das mais antigas a ser habitada no hemisfério norte. Hoje é a segunda cidade mais populosa do Arizona e entre as que mais crescem nos Estados Unidos. O clima é quente e no verão os termômetros costumam marcar 38°C, e não poderia ser diferente, pois está localizada numa zona conhecida por Deserto de Sonora. Em Tucson acontece anualmente, sempre em fevereiro, a maior feira de gemas e minerais do mundo. A Tucson Gem & Mineral Show se espalha por diversos locais da cidade, com a participação de centenas de expositores vindos de diversos países, inclusive do Brasil. Cerca de 60 mil pessoas visitam a feira, o que representa 10% da população da cidade. Encontram-se ali desde minerais brutos para coleção, até prata mexicana e joias vindas da Índia.

Theo e Levon frequentavam essa feira todo ano, desde 1997.

Iam para ganhar algum dinheiro como *brokers* ou como intérpretes, para atender especialmente à grande quantidade de expositores brasileiros. E para se divertir. Na edição anterior da feira, em 2001, Levon conhecera Nina. Agora estava de volta a Tucson, com Theo e Nina. No fundo, queriam ter contato com o Brasil através dos expositores brasileiros, conversar com eles, sentirem-se brasileiros ao lado deles. Theo não havia gostado da ideia de ter Nina com eles, mas Levon insistiu e o convenceu. Levon e Nina tinham planejado voltar ao bar onde, na noite seguinte ao dia em que se conheceram, tinham tomado alguns drinks, embalados por uma música moderninha, num ambiente sofisticado. Ali se beijaram, se acariciaram e se sentiram apaixonados. Foram depois a um restaurante e, por fim, para o hotel onde Levon se hospedara.

Nina é uma mulher de presença sensual e forte; um jeito insolente, vigoroso. No seu rosto alongado e estreito, emoldurado por cabelos castanhos, lisos, cortados curtos, brilham olhos grandes, negros e faiscantes. A boca bem desenhada, carnuda, sexy. De estatura mediana, pouco mais magra do que o desejável, talvez para que sua sensualidade não fosse ainda mais evidente. Tinha vindo do Estado do Espírito Santo havia três anos, depois que a mãe, com quem morava, falecera num acidente de carro. Tinha trinta e quatro anos, mas parecia ter menos. Morava em Hartford com uma amiga mexicana. No último ano, desde a última feira em Tucson, quando se conheceram, Levon e Nina se relacionaram intensamente, mesmo morando em cidades diferentes. Hartford, onde Nina morava, fica a cerca de 130 km de Framingham, percurso que pode ser feito em pouco mais de uma hora.

Quase todo final de semana, ou Levon ia para Hartford, ou Nina ia para Framingham para se encontrarem. Eram encontros tórridos, quando Nina parecia entrar em transe.

– Oh, meu Deus! Não, não, não para, Levon! Oh, por favor, não para...

E Levon pegava o ritmo, e ela chegava lá, suada e com um brilho insano nos olhos.

Levon pensava: "Ter uma mulher como Nina não é algo fácil e

trivial. Ela tem me dado os instrumentos para que possa enfrentar este inimigo, a solidão, mas tudo tem um preço. Se vacilar, o homem se dá mal nas mãos de mulheres dominadoras, liberadas para a libertinagem. A verdade é que, aos 42 anos, eu nunca soube muita coisa sobre mulheres. Uma namorada aos vinte e poucos anos, que o vô me mandou esquecer, e depois, garotas de programa, alguns namoros sem consequência com garotas desinteressantes, se não considerarmos os dez meses com Linda, a mulher com quem me casei".

Nina era manipuladora, passou a falar em casamento. Nina passou a falar em ter filhos. Nina passou a falar coisas desagradáveis a respeito de Theo e de Aline, para afastá-los de Levon. Ela era uma solitária e, tal como ele, cultivava a solidão. Então, um precisava do outro para enfrentar o inimigo comum. As coisas não estavam acontecendo como o esperado. Ao contrário de um clima romântico que Levon planejara, ele estava sendo sufocado pelo temperamento de Nina, talvez por causa da companhia de Theo, que a incomodava. Ela passou a falar sobre seus problemas de infância e adolescência, sobre as crises dos seus pais e sobre o falecimento da mãe em circunstâncias trágicas. Falar disso era natural, mesmo sendo desagradável para ele, que ainda tinha vivos, na memória, os problemas que teve na sua própria infância e adolescência, mas falar tanto disso, e repetidas vezes, tornava-se quase insuportável para ele, que abominava essas teorias de que todas as desgraças das pessoas são culpa dos pais. Então, o que ele imaginara ser quase uma lua de mel em Tucson tornou-se algo não muito agradável. O relacionamento dos dois foi se deteriorando, a chama se apagando, e Levon saltou fora.

"Seria bom ficar amarrado a uma pessoa para o resto da vida? Só assim o relacionamento seria completo? Então esse relacionamento só terminaria com a morte de um ou dos dois? Me recuso a pensar assim."

Nos primeiros dias após o rompimento com Nina, Levon se sentiu muito angustiado, queria ficar só, evitando inclusive contatos com Theo que, por sua vez, se preocupou e passou a lhe telefonar, tentando animá-lo. Às vezes passava o telefone para Aline, e ela procurava falar de coisas agradáveis, sempre insistindo para que ele fosse à casa deles.

– É o Theo, Levon. Chegaram vários livros.

– Ótimo, amanhã passo aí e pego com você.

– Mineiro, você deve estar se sentindo sozinho sem a Nina.

– Eu sou um solitário profissional...

– Foi bom para você ter rompido com a Nina. Ela é manipuladora, dominadora e tem mentalidade de criança.

– Gosto da Nina, Theo.

– Eu sei. Com as habilidades sexuais que ela deve ter, te domina. Onde você acha que ela aprendeu tudo isso? Você pensa que foi em algum manual? Nina é uma mulher experiente, Levon, uma mulher rodada.

– Não fale assim dela. Eu amo Nina.

– O que é o amor?

"O Theo não sabe ou finge não saber que 'o amor é uma fuga para longe da verdade. E amamos verdadeiramente só quando não queremos a verdade'."

– Theo, amanhã passo aí para pegar os livros e conversamos. Não quero falar disso.

– Cara, sua voz está triste.

– Estou triste, pensando em minha mãe há dois dias, sem parar.

– Algum problema com ela?

– Não. O problema é comigo. Não queria pensar.

– O que está fazendo? Não quer vir aqui em casa?

– Estou ouvindo música e lendo.

– Ouvindo o quê, e lendo o quê?

– Ouvindo Nina Simone e lendo *Nove Estórias*, do Salinger. Você me aplicou. Gosto muito do Salinger; lembra do peixe-banana? O cara escreve pra caramba.

– Nina Simone! Mineiro, nesse conto, *Um dia ideal para os peixes-banana*, o cara, Seymour Glass, se mata. Ouvindo Nina Simone. Acho que você tem perfil de suicida. Você está deprê?

– Não. Somente triste.

– Se você quiser vir pra minha casa, peço para a Aline assar uma pizza, tomamos umas cervejas e fumamos unzinho.

– Fica para outro dia, Theo.

– Então tá. Agora ouça: você deve parar com esse negócio de remessa de dólares para o Brasil; é uma coisa perigosa, e você não precisa disso, já é um empresário bem-sucedido. A Polícia Federal fez uma operação na sua cidade, com buscas e apreensões e, o mais grave, diversas prisões de doleiros, pedristas e até de pessoas que não tinham nada a ver. O bicho tá pegando por lá. O governo brasileiro viu que esse negócio de remessa dá dinheiro, e quer esse dinheiro sem concorrência. O Banco do Brasil faz agora essas operações no lugar dos doleiros, e de forma legal. Pelo que ouvi dizer, sua cidade está na maior fossa. Te cuida, mineiro. Te cuida!

Levon já sabia do que estava acontecendo em Governador Valadares. A operação da Polícia Federal provocou uma comoção na cidade. Os doleiros, pedristas, empresários envolvidos, eram pessoas conhecidas, com credibilidade na sociedade. O jornal diário local publicou reportagens sobre a operação:

Diário do Rio Doce – quarta-feira – 18/8/2004

PF faz megaoperação contra doleiros

A Polícia Federal desencadeou, durante todo o dia de ontem, uma megaoperação contra doleiros em oito Estados brasileiros. Batizada de "Operação Farol da Colina".

(...) Em Governador Valadares, a operação – que na região leste de Minas Gerais está sendo chamada de "Urutu Cruzeiro" – começou às 5 horas e só terminou no final da tarde, depois que foram cumpridos 19 mandados de busca e apreensão. Cerca de 11 agentes federais que estiveram na cidade ajudaram a cumprir 13 mandados de prisão contra donos e

funcionários de escritórios de factoring, casas de câmbio e empresas de turismo. Todas as pessoas detidas foram levadas para o Departamento de Polícia Federal para serem ouvidas. Fiscalizar a remessa irregular de dólares por meio das agências de turismo, investigar a participação dessas agências em esquemas de falsificação de passaportes e facilitação de idas de pessoas irregularmente para os Estados Unidos são as principais razões que motivaram a expedição dos mandados de busca e apreensão pelo juiz Sergio Moro, da 2° Vara Federal Criminal de Curitiba (PR), e os de prisão pelo juiz da 4°Vara Federal de Belo Horizonte, Jorge Gustavo.

Desde que Levon voltou de Governador Valadares, em 2001, tinha estabelecido uma parceria comercial com um imigrante carioca, que fazia remessas de dólares para o Brasil de forma amadora. Investiram e profissionalizaram o negócio, que passou a ser lucrativo e com crescimento contínuo. Na ocasião, Theo lhe dissera: "Tome cuidado com esse carioca; ele tem má fama. Entrei uma vez no escritório desse Sandro e me assustei com o aspecto sombrio do lugar: cores escuras, cristais espalhados pela sala, um especialmente grande e negro. Acho que tinha castiçais e velas...".

Levon pensava no assunto, que, aliás, já rolava havia muito tempo. Agora, a operação policial que vinha sendo preparada havia vários meses foi deflagrada. Entre os presos na operação havia um conhecido seu. Pensava, também, sobre o que Theo havia falado sobre ele ter perfil de suicida. Existem diversos graus de suscetibilidade, com que diferentes pessoas se sentem diante de impressões prazerosas ou dolorosas. Quanto mais forte a tendência às impressões desprazerosas, mais fraca a sensibilidade para as prazerosas, o que pode levar ao suicídio. Um homem pode se sentir extremamente infeliz se for malsucedido em um empreendimento, mesmo tendo tido sucesso em nove deles. Outro individuo, sendo bem-sucedido em um entre dez empreendimentos, considera-se recompensado e feliz. Levon se sentia entre aqueles que veem as coisas mais cinzentas que coloridas, sem perceber que os fracassos e sofrimentos que as pessoas de temperamento depressivo sentem são, em geral, mais imaginários e menos verdadeiros.

Levon viajava em seus pensamentos e se assustou quando tocou, de novo, o telefone. "O Theo, outra vez." Mas era Nina. Ele se encontrava solitário e triste, e ficou feliz com aquela ligação. Sentia falta de Nina e foi com uma sensação de lânguida entrega que a ouvia dizer coisas doces, que a ouviu dizer de saudade e de amor. Ela falou que iria a Framingham no próximo final de semana se ele a recebesse, se não com amor, pelo menos de forma carinhosa. Ele disse sim. "Sim, Nina, venha e me livre dessa solidão. Vou te esperar."

14

Lá fora o céu estava azul e fazia um dia bonito, o que não ajudava Levon a se afastar da sensação de enfado que o envolvia, enquanto lia um relatório e fazia contas.

Atendeu à irmã, ao telefone, a voz pequena e abafada:

– Levon, espere um pouco – a irmã está falando com alguém, talvez a mãe. – Pois é, Levon, tenho péssimas notícias.

– Oi, querida, bom falar com você. O que houve?

– Levon, infelizmente nosso pai faleceu.

– Como faleceu? Ele sequer estava doente.

– Morreu assassinado. Mataram nosso pai.

– Como? Como pôde ser isso?

– Foi morto a caminho da fazenda dele, um tiro no pescoço, outro no tórax. Foi encontrado dentro do carro, a porta aberta como se tivesse parado o carro para atender alguém, quando recebeu os tiros.

– Já se sabe quem o matou? Prenderam o assassino?

– Não. Não prenderam e não se sabe com certeza quem foi. Há suspeitas.

– E o motivo?

– Também não está bem claro por que o mataram. Um amigo dele, que está me ajudando, junto com a mulher com quem ele morava, suspeita que seja por motivos financeiros. Acerto de contas. Você sabe que nesse setor de pedras preciosas, de negociação de dólares, há um código a ser respeitado. Você deve se lembrar, eles costumam vender uma gema de milhares de dólares e receber um vale, um pedaço de papel, como garantia do pagamento futuro. Esse código tem de ser respeitado, e parece que nosso pai não estava respeitando. Foi o que o amigo dele disse.

Levon estava chocado, ainda que não tivesse proximidade com o pai, e achava estranho porque a irmã se referia ao pai como "nosso pai", e não "papai". Ela devia ter seus motivos.

– E mamãe, como está?

– Ah, Levon, eles estavam tão distantes... Ela está aqui ao meu lado e te manda um beijo; está incomodada porque os policiais vieram aqui em casa, fazendo perguntas, e os vizinhos, você sabe, curiosos e maldosos, incomodando também com perguntas. É uma chateação. Avisamos os parentes e queremos saber se você quer vir para o enterro.

– Não creio que valha a pena me esperar. Isso criaria uma série de dificuldades e transtornos. Irei assim que puder para cuidar de aspectos legais, já que o divórcio dele e de mamãe não está concluído.

Falaram-se ainda brevemente, com frases curtas, e se despediram.

A morte do pai foi recebida com frieza, sem nenhuma emoção. Um péssimo pai. Egoísta, só pensava em si próprio e era dado a explosões de ira. Dominador, estúpido e completamente irracional. Levon não falava com ele havia anos.

Levon ligou para Nina, dando a notícia, e depois para Theo.

– Theo, minha família está acabando. Restam minha mãe, minha irmã e eu. Não tive e nem terei filhos, minha irmã não teve e parece que não terá.

– Mineiro, eu tenho pai, mãe e seis irmãos, todos vivos. E daí? Não faz muita diferença. Tenho sobrinhos que nem conheço. Essa história de laços de sangue é bobagem. Família é só conflito. Aliás, sempre pensei que você veio para a América para fugir um pouco desses conflitos, assim como eu. Esquenta não, Levon.

Levon passou a fazer contatos frequentes com a irmã, orientando-a sobre que advogado contratar, sobre que medidas tomar e se inteirando de tudo. Ela e o advogado da família descobriram que o pai omitira bens e ativos que possuía, no processo de divórcio. Quando parou com as atividades de pedrista e iniciou outros negócios, ele conseguira amealhar uma pequena fortuna.

A mãe de Levon enviava e-mails seguidos: "Viu, meu filho? Seu pai me enganou até o fim, aquele crápula".

Com a morte do pai, a ideia de voltar para o Brasil, que ele alimentava às vezes, tomou uma forma mais concreta, ainda que soubesse que seu país continuava uma bagunça, com Lula e seu governo tentando abafar o escândalo do Mensalão. Falava-se em *impeachment*. Ele estava tomado de uma melancolia permanente e inescapável. Precisava fazer alguma coisa que o libertasse. No último final de semana tinha ido a Hartford e conversado longamente com Nina sobre voltarem os dois para o Brasil, talvez numa viagem de carro, indo para o sul em direção ao México, que cruzariam de norte a sul, depois América Central, Colômbia e finalmente norte do Brasil. Levon tinha notícia de uma meia dúzia de brasileiros que tinham feito essa viagem de carro. Foi uma conversa despretensiosa e sem compromissos. Nina achou a ideia ótima e fantasiou situações que ocorreriam na viagem.

Dias depois, Levon ligou para Theo.

– Aline? Oi, Aline, é Levon; como vai?

– Tudo ótimo, e você?

– Tudo OK. O Theo está por aí?

– Está sim, vou chamar.

– E aí, mineiro?

– Theo, preciso conversar com você amanhã, mas estou ansioso e quero adiantar o assunto: estou saltando fora. Estive em Hartford com a Nina, e já acertamos tudo. Vamos juntos para o Brasil. Tem um detalhe: vamos voltar de carro, numa longa viagem. Vou realizar um desejo antigo, descendo para o sul, passando por Filadélfia, Baltimore, Washington, Atlanta, Nova Orleans, Houston, depois pelo México, entrando na América Central, Guatemala, Honduras, até o Panamá. Depois na América do Sul pela Colômbia, ir a Medellín e Bogotá, e ver por onde ir até o Brasil.

– Saltar fora é sua especialidade, e parece que você enlouqueceu. Vai gastar uns 30 mil dólares. Pegue um voo para São Paulo, que é muito mais barato. Levar a Nina é outra loucura.

– Não me desanime, Theo, já está decidido. Quando chegarmos no Brasil, Nina vai para a cidade dela no Espírito Santo, passar alguns dias com a família. Depois vamos tentar ser felizes juntos em Governador Valadares. Minha família está precisando de mim, envolvida com inventário, advogados, cartórios, fórum. Já decidi saltar fora, e quero trocar umas ideias com você.

– Quanto à sua família, envolvida com inventário, essas coisas, você deve mesmo dar suporte a ela; advogados brasileiros não são confiáveis. Com relação aos outros assuntos, desista. Você não vai conseguir ficar no Brasil, e muito menos com Nina. Você não vai se acostumar com o Brasil de novo. O Lula, como eu já previa, fez um monte de cagadas, e o escândalo do momento por lá é um tal de Mensalão. Nosso país não tem solução, Levon. Desista. No próximo fim de semana vamos para Newark nos divertir um pouco, e você esquece essas loucuras que quer fazer. Sabe aquela morena de cabelos vermelhos? Vou chupar a gostosa dos pés à cabeça. Ai, ai.

– Pô, cara, a Aline não está ouvindo esse papo horroroso?

– Não, não está.

– Theo, você podia passar aqui em casa amanhã, saímos e vamos até aquele bar que fica bem próximo daqui – acho que é Groovy o nome dele – e podemos conversar um pouco, somente eu e você.

– Você não quer que a Aline participe...

– Não. Não tenho nada contra, mas com você sozinho fico mais à vontade.

No início da noite, Theo tocou a campainha, e a porta se abriu rapidamente, como se Levon estivesse com a mão na maçaneta, aguardando o toque da campainha. Theo se surpreendeu com aquilo e, ao entrar na sala, viu um revólver sobre uma mesinha, onde ficava o telefone e muitos livros empilhados. Sentiu que Levon percebeu que ele tinha visto a arma, não tendo dito nada a respeito. Theo, então, preferiu não comentar, calou-se, preocupado. No bar, Levon deixou claro para Theo que a decisão que havia tomado de voltar ao Brasil com Nina não tinha retorno. Nina já vinha pensando também em voltar e, quando falaram sobre o assunto, a decisão foi tomada.

– Você não vai se acostumar com o Brasil depois de tanto tempo morando aqui, mesmo os Estados Unidos não sendo nenhuma maravilha. A propósito, você viu o que fizeram em Londres com aquele imigrante lá da sua região, Gonzaga, sei lá? Mataram o cara, mineiro. Mataram o cara, sem mais nem menos. O nome do sujeito acho que é Jean Charles. Não querem saber de nós. Lembra que te avisei? Agora, sobre a sua viagem, tem que ser de carro?

– Não tem que ser, mas acho que tenho direito de realizar esse desejo, essa fantasia. Não serei o primeiro a fazer isso. Não deixa de ser algo meio louco, mas estou certo de que você entende. Estou voltando para o Brasil para ficar; minha mãe e minha irmã precisam de mim. Não pretendo vender nada do que tenho aqui. Gostaria que você fosse meu procurador, para administrar meus imóveis, mantê-los conservados, receber aluguéis. Naturalmente vou pagar por isso um valor que vamos combinar. Manter meus bens aqui é um bom motivo para vir com frequência para Framingham, ver você, Aline, os garotos, fumar um baseado, matar saudades...

– Vou sentir sua falta, mineiro. Conte comigo, vou cuidar muito bem de seus negócios, como se fossem meus. Lógico que não vou trabalhar de graça, mas vamos acertar isso sem problema. Quanto a essa viagem maluca, levando com você a Nina, já falei o que tinha de falar, e você não é nenhuma criança. Deve estar sabendo o que vai fazer. Desejo tudo de bom pra você.

– Você é generoso quando evita falar disso. Sempre me incomodou o julgamento, quero sempre evitá-lo. O castigo sem julgamento eu suporto bem; trato de fugir ao julgamento. Está tudo bem, Theo, vai dar certo. A única coisa que está me preocupando um pouco é a atitude do meu ex-sócio, o Sandro, no negócio de remessa de dólares. Segui seu conselho, por achar, também, que é um negócio perigoso, e saí da empresa. Nossa conversa para a dissolução da sociedade não foi uma conversa boa, foi tumultuada e conflituosa. Por mais que eu cedesse em quase tudo, o cara mostrou-se ameaçador, dizendo-se lesado em seus interesses. Me parece que ele não queria encerrar a sociedade e, por mais que eu explicasse as razões e cedesse, ele ficou muito incomodado e agressivo. Fico temendo que ele tente concretizar algumas das absurdas ameaças que me fez.

– Deixe de ser cagão, Levon. Esse cara não é de nada. Esquece. Agora, você precisava me explicar melhor, com mais detalhes, o que aconteceu entre vocês, porque ninguém faz ameaças tão graves como você está dizendo sem que haja motivos também graves.

– Em outra ocasião podemos falar sobre isso, não agora, não hoje.

Levon pensava que, ao dar tal passo, transpusera uma barreira antes de um precipício. Há sempre razões para matar um homem; ele se lembrou dessa frase ouvida anos atrás, numa festa de aniversário do amigo do pai, quando esteve no Brasil.

15

Quando as coisas ficaram mais claras, e a decisão de Levon de voltar para o Brasil tornou-se definitiva, ele foi tomado de uma inquietação tão sufocante, que só conseguia superar ou amenizar andando, nas noites, pelas ruas de Framingham. "Não é assombroso dizer 'depois de amanhã partirei para outro país?'" Enquanto caminha, as luzes da cidade lhe parecem embaçadas, e ele às vezes fala sozinho. Ninguém lhe dá atenção, e por isso mesmo ele se sente livre, uma liberdade que lhe traz conforto. A decisão de ir embora o perturba; ele fecha os olhos e pensa num lugar distante e desconhecido. Caminhar pelas ruas é reconfortante. Conhece os *outdoors*, as cores dos edifícios, as vitrines. Sente a cidade com seu frio ou seu calor, com seus cheiros. A cidade, porém, não é sua cidade, ele é um imigrante. A imigração é um fato social íntegro; o emigrante é o que saiu de sua cidade, do seu meio, do seu país. O imigrante é aquele que chegou a uma terra estranha. Levon é isso. Ali ele é um deslocado, um sem lugar. Levon não gosta de passar naquela rua onde há um muro esverdeado de musgo, com brilhos minúsculos, e ele sabe que são partículas de mica. Isso o faz lembrar de sua cidade natal, de seu pai e do seu avô. Um objeto ou partículas de um objeto podem nos contar muitas coisas, podem nos reconectar com o passado, com pessoas do nosso passado. "Os homens não são influenciados por coisas, mas por seus pensamentos sobre as coisas." No entanto, um impulso inexplicável sempre o leva até aquela rua. Levon pensa com sobressalto que faltam dois dias para iniciar sua viagem de volta ao Brasil, e está agindo por impulso, e a fonte desse impulso é totalmente obscura para ele. Sua cabeça parece ter se tornado um refúgio de pensamentos antigos e preguiçosos. Já é madrugada e, antes do sol aparecer e brilhar, fica no ar uma sensação de amanhecer.

A VOLTA

– Pode comprar, mineiro, o carro é bom e está bem conservado – disse Theo, depois de uma avaliação cuidadosa.

Fazia muito tempo que eu não dirigia um carro daqueles numa rodovia; tinha feito isso somente uma vez, dirigindo o SUV do Theo, indo para Newark, com ele ao meu lado, falando sem parar. Assim que decidi voltar para o Brasil levando Nina comigo, comprei um semelhante ao dele – nunca tive curiosidade sobre marcas, modelos, potência –, robusto, fabricado dois anos antes, bastante confortável e com um porta-malas grande o suficiente para a bagagem de um casal que está mudando de país, ainda que esse casal tenha despachado a maior parte dela.

Ia, sozinho, a Providence, para testar o carro e para conhecer aquela cidade que fica somente a 72 km de Framingham. Afinal, eu tinha planejado a volta para o Brasil de carro, exatamente para conhecer um pouco dos Estados Unidos, esse país imenso que me abrigou por mais de vinte anos, sem que eu conhecesse quase nada dele. Nas proximidades de Framingham, eu somente conhecia Boston, Worcester e tudo o mais que havia entre Framingham e Hartford. Abasteci o carro num posto às margens da rodovia, rodei um pouco pelo acostamento e parei. O dia estava bonito, claro, nenhuma nuvem no céu de Massachusetts. Parado, o ar também parado, um silêncio somente rompido pelo deslocamento de ar dos carros na rodovia. Fiquei pensando na vida e que ela, a vida, qualquer vida, não tem a importância que nos acostumamos a lhe atribuir. É tudo muito fugaz, e tudo tem o peso do passado. O passado de antes, os trabalhos de antes, os pensamentos de antes. A vida é muito curta; e assim deve ser porque quando ela se alonga os problemas crescem e não dá para resolver. Ninguém consegue viver e resolver a própria vida; morre-se antes. Quanto mais longa a vida, maior a impossibilidade de resolvê-la. O que se tem é luta diária, e sequer se pode esperar uma vitória ao final. Vamos tentando, nos transformando, e a perspectiva é que isso só tenha fim no fim. Pensamentos incômodos. Ergui a cabeça, alonguei os braços, coloquei as duas mãos no volante; "Preciso cortar as unhas".

Peguei a rodovia 495, com uma agradável sensação de liberdade e descompromisso. À medida que Framingham ficava para trás, a estrada vazia, dei esticadas de dois e três quilômetros em alta velocidade sentindo o desempenho do carro: era seguro, estável, bom para viajar. Depois mais devagar, observando a paisagem, sem nenhuma pressa. Tinha muito tempo, só voltaria de Providence no final da tarde. À noite iria à casa de Theo, para as despedidas, e no dia seguinte me encontraria com Nina em Hartford, para a longa viagem de volta.

Mansfield fica no entroncamento da rodovia 495 com a 95, pela qual eu deveria seguir até Providence. Ali resolvi parar, entrei numa lanchonete, pedi um café forte e vi sobre o balcão algo parecido com um bolo, mas que não era um bolo. Tinha um aspecto bom, eu quis experimentar. A garçonete me serviu um pedaço, e quando o mastiguei me lembrei das broas que minha mãe fazia. Aquilo tinha gosto de infância, e eu estava me sentindo muito bem, com a alma leve. Havia muito tempo não me sentia tão bem, e tive ímpeto de beijar a garçonete antes de ir embora. Mansfield fica bem próxima de Providence, e pouco tempo depois já estava entrando na cidade que era meu destino: a capital e a cidade mais populosa do Estado de Rhode Island, que fica às margens do Providence River. Tem o apelido de The Divine City e realmente é uma cidade bonita e agradável. Fiz um trajeto em círculos, desde as periferias até a zona central, passando primeiro pelos bairros, registrando a paisagem urbana. Quando cheguei ao centro da cidade, a tarde já avançava, e eu queria um bom restaurante. Parei o carro em um estacionamento numa rua movimentada e caminhei um pouco, e então vi numa galeria a placa "Tatoo". Nunca tinha feito uma tatuagem e resolvi que faria uma ali, agora. Perguntei ao sujeito quanto tempo levaria para ele tatuar "Nina" no antebraço. "Entre vinte e trinta minutos." Fiz como Theo, que tatuou "Aline", só não coloquei os dois coraçõezinhos emojis, porque achei que seria demais. Ia fazer uma surpresa para Nina. Logo depois encontrei um restaurante que me pareceu acolhedor. Ao lado havia uma joalheria, e na vitrine, entre joias e relógios, podiam-se ver pedras preciosas brutas, de tamanho pequeno, com aqueles filamentos de gemas, como lápis (são chamadas de lápis), incrustadas em blocos de cristal, como são encontradas nos garimpos. Essas pedras são comercializadas como peças de adorno. Entrei no restaurante com as recordações que aquelas gemas me evocavam. O ambiente era agradável, com decoração sóbria e elegante. Havia pouca gente naquele horário, e fui atendido com presteza e sorrisos gentis. As gemas e os garimpos. Na adolescência, comecei a acompanhar meu pai naquelas lavras distantes e, para mim, inexplicáveis, assim como eram inexplicáveis os nomes daquelas cidades onde ficavam os garimpos – Araçuaí, Malacacheta, Pavão. Como pode uma cidade se chamar Malacacheta? Como pode haver tantos hotéis e pensões fuleiras nesses lugares, cheios de "barbeiros"? "Levon, cuidado com os barbeiros! Ao se deitar, olhe debaixo da cama, olhe entre os lençóis e fronhas, que esse bicho é traiçoeiro, ataca o coração. O coração fica grande, enorme." E eu, quase um menino ainda, em pânico. Ainda hoje sonho com barbeiros. Eu quase amei meu pai. Cheguei a gostar do seu cheiro, o cheiro de sua pele misturado ao cigarro. Eu o admirava quando ele, solene, punha uma cartolina branca na mesa e espalhava nela dezenas de pedras preciosas multicoloridas. Ele não tinha dinheiro, não tinha instrução nem informação e, o mais grave, não tinha sabedoria. O que ele tinha a me oferecer não me interessava, e o que eu queria ele não podia me dar. Ainda assim, eu tinha por ele um sentimento de amor. De amor ou de compaixão. Tinha vontade de lhe dizer, ao vê-lo tocando aqueles garimpos: "E aí, velho, pare com isso, esse seu trabalho não resulta na riqueza que você está buscando. Desista disso". Ainda muito jovem, quase chorava. Mesmo quando percebia minha mãe sofrendo por causa dele, eu ainda sentia um fiapo de amor. Ninguém jamais sabe tudo sobre a vida dos pais. Os dois, pai e mãe, me faziam sentir culpa sem saber de quê. Depois o amor que eu sentia por ele foi definhando, e morreu.

Ao voltar de Providence, fui para a casa de Theo, era fim de tarde, início de noite. Ele me recebeu como se estivesse me aguardando ansioso. Sentamo-nos em torno daquela mesa em que incontáveis vezes nos sentamos, e logo Aline estava conosco. Eu estava me sentindo surpreendentemente bem e falei da boa impressão que tive de Providence, da broa que comi na lanchonete da estrada, que me fez lembrar da infância, falei do restaurante e de como a joalheria me fez lembrar da adolescência.

– Você está sentimental hoje, mineiro – disse Theo, com expressão crítica, própria dele.

– É, acho que sim. Estou com o coração mole. Olhe a tatuagem que fiz no braço – eu disse, tirando o esparadrapo para que ele visse. Ele não pareceu surpreso.

– Vamos sentir sua falta. Não te invejo, ouviu, Levon? Em breve você estará num país, eu já te disse, inviável. Agora mesmo, o que rola por lá é o tal do Mensalão, um enorme escândalo de roubalheira do dinheiro público. Ninguém está preso. Se fosse aqui, a quadrilha já estaria na cadeia, inclusive o chefe, o Lula. Lá, ao contrário, o povo vai acabar reelegendo o sujeito. Ô povinho atrasado!

– Sei que não será fácil me adaptar no Brasil, de novo, depois de tantos anos, mas acho que você exagera. Acaba que nós todos, brasileiros, temos uma ligação muito forte com o nosso país. A todo momento estamos falando do Brasil, você até mais que os outros, e isso é saudade. Depois que tomei a decisão de voltar, tenho que encarar os fatos com realismo e tentar enxergar as coisas sem muita resistência, até com resignação. Tenho muitos planos para quando chegar ao Brasil e acho que tudo vai dar certo. Vou sentir muita falta de vocês, dos garotos.

– Estamos bem aqui, mas às vezes sinto saudade do meu país. Agora que você vai voltar, esse sentimento está batendo forte em mim – disse Aline, olhando para Theo, como se estivesse pedindo autorização para dizer aquilo.

Theo ergueu os dois braços, olhou para o alto, impaciente, como se fosse dizer alguma coisa, e nada disse.

Ficamos os três quietos e calados por algum tempo, tomando cerveja e fumando um cigarro de maconha. Me levantei para ir embora, abracei Aline, beijei seu rosto, depois dei um forte abraço no Theo, sem dizer nada.

– Levon, com relação aos seus negócios aqui, pode ficar tranquilo. Cuidarei de tudo e enviarei relatórios periódicos. Se cuida, velho. Boa viagem e muito sucesso. Boa sorte, mineiro.

16

De manhã bem cedo, enquanto eu dirigia em direção a Hartford, pensava que, quando me encontrasse com Nina, e partíssemos para o sul dos Estados Unidos tendo o Brasil como destino, seríamos somente um casal fugindo da solidão, tentando se unir com suas contradições e loucuras, e uma frágil esperança de encontrar algo parecido com felicidade. Isso podia dar certo? Tínhamos que tentar.

O percurso entre Framingham e Hartford é de 130 km, passando por pequenas cidades, como Stanford Spring, Rockville, e gasta-se pouco mais de uma hora. Na metade da viagem tive a sensação desagradável de estar sendo seguido por aquele automóvel cinza metálico reluzente, que via pelo retrovisor, e que brilhava ao sol intenso. Resolvi parar numa lanchonete na margem da rodovia, e o automóvel cinza desapareceu misteriosamente, o que me deixou aliviado. Estar sendo seguido é muito perturbador. O alívio durou pouco tempo; quando estava entrando na cidade avistei-o pelo retrovisor. Entrei rapidamente à direita, numa rua estreita, com a intenção de voltar e confrontar o motorista daquele carro. Certifiquei-me de que a arma estava no porta-luvas. Havia um documento de porte legal daquela pistola que eu manejava precariamente, mas que me fazia sentir menos inseguro. Quando consegui dar a volta no quarteirão, ele havia desaparecido. Nos últimos anos, passei por aqui inúmeras vezes em finais de semana, indo ao encontro de Nina, que fez o mesmo trajeto, outras inúmeras vezes, em sentido contrário, para se encontrar comigo.

Antes que eu decidisse voltar para o Brasil, Nina já decidira o mesmo, sem que tivesse amadurecido essa ideia. Depois confirmamos a decisão de voltar. Ela trabalhava no escritório de uma companhia de seguros – Hartford é centro financeiro do Estado de Connecticut e o maior centro da indústria de seguros dos Estados Unidos – e tinha boa situação financeira, sem considerar que sua mãe deixara para ela e um irmão alguns bens valiosos no Espírito Santo. Ela, também, fazia remessas de dólares para o Brasil, em parceria com um paulista que tinha escritório no mesmo edifício onde trabalhava. Seu irmão viera para os Estados Unidos alguns anos antes da morte da mãe e recentemente mudara-se para a Costa Oeste, não pensando em voltar para o Brasil. Um tio, irmão da sua mãe, cuidava dos bens dos dois no Brasil. A amiga mexicana, com quem Nina morava, conheci muito pouco, já que, quando vinha me encontrar com ela, nos finais de semana, nos hospedávamos em hotéis.

Na sala do apartamento havia três malas grandes e sacolas que deveríamos levar conosco. Nina estava muito bonita, com o frescor de quem acabou de sair do banho. Vestia jeans escuro e uma blusa de tecido encorpado, algo descontraído e elegante. Me abraçou risonha, me beijou, e os beijos dela eram sempre apaixonados, como se fossem os primeiros, ou como se fossem os últimos. Mostrei a tatuagem, e ela me beijava: "Meu amor, você é lindo, maravilhoso; com meu nome em você, não me escapa mais". Depois das despedidas da amiga e de colocarmos a bagagem no carro, partimos com destino a Newark, onde pernoitaríamos, depois que Nina se despedisse de outras amigas que moravam ali perto, em Elizabeth.

Sempre que eu ia para Newark, com Theo, íamos pela rodovia 84, passando por Dambury, agora iríamos pela I 95 N, que segue pela região costeira, passando por New Haven, Bridgeport, Stanford, todas no Estado de Connecticut.

Assim que saímos de Hartford e alcançamos a rodovia, Nina pediu, com voz tensa, que eu fosse devagar e nunca corresse muito. O dia estava bonito, eu estava me sentindo bem e queria mesmo viajar devagar, observando a paisagem. Meia hora depois já estávamos em New Haven, a cidade natal de George W. Bush, onde fica a sede da Universidade de Yale. Mais alguns minutos estávamos passando por Bridgeport, e pouco depois já avistávamos Stanford, que fica bem próxima de Nova York. Entre Bridgeport e Stanford, por um momento tive a impressão de ter visto o automóvel cinza pelo retrovisor. Não quis falar sobre isso com Nina, até porque não tinha certeza de tê-lo visto. Podia ter sido imaginação de um sujeito assustado.

Em Newark, nos hospedamos num hotel na Washington Street, próximo ao Museu de Newark, e saímos para almoçar. Fomos a um restaurante cujas janelas se abrem para o parque, entre a Washington Street e a Broad Street. Como eu havia morado quase quatro anos em Newark, conhecia bem aquela região e a achava bonita. O restaurante era agradável, com decoração sóbria, estilo contemporâneo, e nos sentamos numa mesa de onde se avistava a praça em frente. Pedimos um vinho para celebrar nosso primeiro dia da viagem de volta. Nina me olhava com expressão doce e terna, e eu me sentia bem estando ao seu lado. O vinho, a paisagem vista da janela, foi isso que nos fez sentir amor e ternura?

Conversamos sobre nós mesmos, sobre nossos projetos, nossas carências, nossas alegrias e tristezas, buscando nos abrir um para o outro. Nina, então, falou sem preâmbulos, abruptamente, como se fosse algo urgente e necessário, sobre o episódio da morte da mãe. Um jorro de palavras emocionadas, de uma maneira ao mesmo tempo inesperada e incontrolável.

– Levon, naquele terrível evento, quando o carro da minha mãe foi encontrado destroçado, a Polícia Rodoviária Federal afirmou, baseada nas condições em que o carro foi encontrado, nos depoimentos de testemunhas e na perícia, que havia sido suicídio. Quando os policiais chegaram no local, havia curiosos, um automóvel que havia se transformado num monte de destroços, com um corpo dentro, uma carreta parada, com a cabine amassada do lado do motorista, e ele, aturdido, dizendo que tentou evitar a batida o quanto pôde. Na verdade, minha mãe, naquele instante inexplicável, lançou seu carro contra o caminhão. Foi suicídio, Levon. Resisti durante muito tempo a admitir isso, mas as evidências eram muitas. Essa conclusão só fez aumentar o ódio que eu estava sentindo por meu pai. Você não pode imaginar quanta dor isso me trouxe. Ainda hoje sinto meu coração endurecido por conta daquela tragédia.

Dois anos antes de sua morte, a mãe havia se separado do marido, um homem grosseiro, de temperamento instável, e ultimamente estava namorando outro homem. Isso enfureceu o pai de Nina, que passou a perseguir a mãe dela, sempre dizendo que eles ainda eram marido e mulher, já que o divórcio não estava concluído. Foi um assédio violento e contínuo, o que levou a mãe a uma grave depressão. Nina se afastou do pai, definitivamente.

– Na ocasião me senti, e ainda depois de tanto tempo me sinto, um pouco culpada, porque, no dia da tragédia, mamãe disse que iria para um sítio que tínhamos na região. Ela estava com uma expressão abatida, cansada, e me ofereci para ir com ela, mas não insisti. E minha mãe foi sozinha se encontrar com a morte. Se eu tivesse ido, a história teria sido outra.

Nina quase chorava, os olhos úmidos e a voz entrecortada de suspiros. O sofrimento pela morte da mãe e os comentários desabonadores sobre o episódio, que passaram a circular, fizeram-na querer fugir daquele lugar e vir para os Estados Unidos com o irmão, que já morava aqui e que fora ao Brasil para o sepultamento da mãe.

Os suicídios. "Só existe um problema filosófico realmente sério: o suicídio. Julgar se a vida vale ou não vale a pena ser vivida é responder à pergunta fundamental da filosofia." Em *O Mito de Sísifo*, Camus inicia o livro com essa frase. Passou pela minha mente, rápido como um estampido, o episódio da minha infância, quando um garoto que morava a uns cem metros da minha casa, naquele bairro simples de classe média, morreu atropelado por um ônibus. Minha mãe não me deixou ir ver o corpo, mas meus colegas disseram que ele ficou estendido na rua, com as entranhas expostas, numa poça de sangue. E que um casal de idosos que foi testemunha da tragédia dizia "não foi culpa do motorista, o garoto se atirou". Minha mãe dizia que a mãe e o padrasto do garoto o tratavam mal, até com torturas.

"Tantas coisas que eu não sei sobre Nina; entre elas, o quanto ela sabe de mim", pensei, mas não quis me estender sobre isso, temendo que o clima ficasse pesado. Então, falei da beleza da praça em frente, do dia luminoso e de como ela estava linda...

– Levon, como é a sua cidade? Como é Governador Valadares? Você fala pouco sobre esse lugar em que você nasceu, e onde vamos morar.

– Lembro-me sempre dessa cidade, solta na planície, talvez exilada como eu; exilada como um ponto na geografia do país, no nordeste de Minas, quase no Vale do Jequitinhonha, que é a região mais pobre de Minas, um ponto nessa parte obscura e desimportante do mundo. Dizem que Governador Valadares é uma boa cidade; é o conceito que fazem dela. Mas é uma cidade suja, malcuidada, e lá o calor no verão é quase insuportável, como se viesse não somente dos raios de sol, inclementes, mas também de uma fornalha no interior da terra, de dentro para fora. Tem alguns atrativos, uma topografia bacana, um rio grande, bonito, apesar de poluído, o Rio Doce, e uma montanha, a Ibituruna, com 1.100 metros de altitude, que, por se encontrar isolada na planície, se destaca com impacto na paisagem. A montanha fica à sudeste da cidade e, nas suas franjas mais à leste é onde nasce o sol, e nas noites de lua cheia é bonito vê-la surgir por detrás das bordas da Ibituruna. Em breve você vai conhecer Governador Valadares, que já teve um nome lindo, Figueira do Rio Doce, e que dizem ser a Capital do Voo Livre. Toda cidade do interior quando fica maiorzinha quer ser capital de alguma coisa. Newark é capital de quê? Não sei. Sei que aqui nasceu Philip Roth, um dos maiores escritores dos Estados Unidos.

– Por falar nisso, ultimamente ando lendo, ou tentando ler, alguns livros. Por você fico querendo ser tipo intelectual, ler livros, não ser somente "a gostosa", como você se refere a mim. Eu ficava muito incomodada com você e Theo falando de literatura, esses papos-cabeça, sem que eu pudesse participar.

– Estou feliz com isso, Nina. O que mais queria na vida era ser escritor. Se você tomar gosto pela leitura poderemos partilhar juntos esse prazer. Se você não se importar, vou pegar um livro no carro e ler um trecho especialmente bonito, para você perceber a sonoridade, a musicalidade das palavras, quando bem colocadas. Minha mãe nunca lia. Um dia li para ela em voz alta um trecho belíssimo de um livro. Ela ficou maravilhada e a partir daí começou a ler.

Fui até o estacionamento e peguei no assento traseiro do carro, onde havia uma pilha de livros, *No Campo da Honra*, de Isaac Babel, ansioso para ler aquele texto lindo para Nina. Sentei-me de novo, o restaurante estava vazio, e havíamos tomado mais uma garrafa de vinho, o clima era romântico.

O fim de Santo Hipatius

Ontem eu estive no mosteiro de Santo Hipatius, e o monge Illarion, o último dos que ali habitavam, mostrou-me a casa dos boiardos Románov...

...Eu vi o canto pisoteado onde rezava a monja Marfa, mãe de Tsar, seu dormitório sombrio e a torre de onde ela assistia a caçada de lobos nos bosques de Kostromá.

Illarion e eu cruzamos pontezinhas decrépitas cobertas por montes de neve, espantamos as gralhas que tinham feito ninhos na torre dos boiardos e saímos para uma igreja de beleza indescritível.

Rodeada por uma coroa de neve, pintada de azul e carmim, ela se recortava sobre o céu esfumaçado do norte como um lenço feminino estampado com desenhos de flores russas.

As linhas de suas cúpulas sem luxo eram puras, seus anexos azuis eram abaulados, e as molduras decoradas das janelas reluziam ao sol com um brilho supérfluo.

Nessa igreja deserta encontrei os portões de ferro doados por Ivan, o Terrível, passei por ícones antigos, por todo aquele jazigo e pela decomposição do santuário impiedoso.

Os Santos, mujiques nus endemoninhados com as coxas apodrecendo, contorciam-se nas paredes descascadas, e ao lado deles estava desenhada a Virgem Russa: uma mulher magra, com joelhos separados e os seios caídos, semelhantes a dois braços verdes sobressalentes.

Os ícones antigos cercaram meu coração descuidado com o frio de suas paixões cadavéricas, e eu quase não consegui me salvar deles, daqueles santos sepulcrais.

Nina me olhava perplexa, com olhar obtuso. Fez um comentário sem o menor sentido, mas eu estava disposto a não me incomodar com isso. “Rodeada por uma coroa de neve, pintada de azul e carmim.” Movi os lábios, repetindo essas palavras, sem emitir som algum, como costumo fazer com meus escritos. Estou sempre escrevendo alguma coisa, em geral relatos do que acontece no meu dia a dia. Escrevo e guardo, como se fosse segredo o que escrevo. Não quero que ninguém leia, fazem parte dos escaninhos da minha mente, minhas alucinações e torpezas. Tenho um calhamaço de papel, escrito com caneta esferográfica – não uso computador –, guardado numa pasta cinza.

Saímos do restaurante, e levei Nina a Elizabeth, onde ela queria rever e se despedir de amigas. Voltamos à noitinha para Newark. Fomos ao bar onde eu tinha conhecido Theo, tomamos alguns drinks, fomos para o hotel e nos engalfinhamos.

– Oh, meu Deus. Não, não para. Oh, Levon, por favor, não para!

NINA

Então me deram voz...

Tenho dificuldade em me expressar sobre determinados assuntos e sei reconhecer que não sou uma pessoa de grande inteligência, mas sou intuitiva. Tenho um outro tipo de inteligência e sei me valorizar. Relutei muito em falar com Levon sobre o suicídio da minha mãe, ainda que tivesse tentado algumas vezes encaminhar esse assunto com ele, e sempre encontrando resistência. Cada vez que falava dos meus familiares, percebia nele uma expressão de fastio, de certa forma natural, de quem teve problemas também na família. Mas eu sempre quis que ele entendesse o tamanho da dor que senti quando perdi minha mãe daquela forma. Éramos amigas, além de mãe e filha. Será que Levon, com esse jeito meio autista dele, tem ideia do que é realmente sofrer? E estou dizendo agora do jeito meio autista dele, sabendo que percebi isso neste exato momento. Autista. Essa barreira que Levon cria, impedindo que as pessoas se aproximem, é mui-

to estranha. Tenho tentado vencer essa barreira que sempre nos separa um pouco, que nos afasta um do outro, na maior parte das vezes sem êxito. Quando tento falar em ter filhos, ter uma família, a resistência dele aí então é intransponível. Talvez ele não consiga enxergar com clareza que estou com mais de trinta anos e quero ser mãe, e que o momento seria agora, porque nos amamos. Amo Levon e às vezes sinto necessidade de dizer-lhe como diria qualquer mulher que ama: não me deixe, me guarde perto de você, seja forte. Não me faça sofrer como nossos pais fizeram sofrer nossas mães. Seja forte, mas gentil comigo.

17

Acordei cedo, Nina dormia. Ela pega no sono rápido, e quando dorme seu corpo se contorce levemente, como se estivesse se ajeitando numa redoma. Seus olhos se fecham e seus lábios tomam um contorno semelhante ao de um sorriso, e seu sono é pesado. Era bom que ela estivesse dormindo, enquanto eu ia ao banheiro e então podia dar uns peidos, evacuar, sem constrangimento. Eu estava com gases e me lembrei de algo que lera algum tempo atrás – talvez recomendado por Theo. Sim, isso mesmo, recomendado por Theo – *A Arte de peidar*:

Um livro burlesco, rabelaisiano e cheio de malícia, sobre flatulências e que tais, escrito como se fosse um tratado médico. Publicado de forma anônima em 1751, logo teve a paternidade atribuída a Hurtaut (1719-1791), um professor de latim, filho de um vendedor de cavalos, A Arte de peidar tem a qualidade de esmaltar um tema escatológico com uma superfície classuda que, pura sátira, dá o ar da graça até na falsa indignação da editora: Westfália, na casa de Florêncio-Q (letra francesa homófona de cu, que dispensa tradução), localizada em "Peido-na-cara, ao Fole". (Revista Metáfora).

O banheiro daquele hotel tinha uma iluminação zenital que, naquela manhã ensolarada, o deixava claro como o dia. Acostumado a me ver no espelho do apartamento em que morei muitos anos, que tinha pouca iluminação, me espantei ao me ver no espelho do hotel. A luz era intensa e, então, as manchas da pele do meu rosto eram nítidas e desagradáveis. Os raios de luz faziam brilhar os cabelos brancos, profusos no meu couro cabeludo. Aquilo me incomodou, e voltei àquele espelho ainda duas vezes, para confirmar a imagem do Levon que eu não conhecia. Num determinado dia, percebemos que já percorremos todos os caminhos a percorrer, que todos os sistemas necessários para nossa vida já foram conectados. É quando o tempo começa a passar mais rápido, sem encontrar obstáculos. Eu estava ficando velho. Quando se tem mais de quarenta anos, parece que o tempo voa. Lembrei-me de quando era jovem, ou nem tão jovem, e aparava os pelos pubianos, para ter a impressão de que o pênis fosse maior do que era de fato. Subia num banquinho do banheiro para me ver no espelho, às vezes com uma ereção. Agora evitava me olhar. Nosso corpo, composto de moléculas banais, se contrapõe o tempo à nossa tentativa de durar. Em matéria de tempo, não se pode esperar nada mais do que isto: envelhecer. Envelhecer e morrer.

Nina ainda dormia quando entrei no quarto enrolado numa toalha. Já eram quase nove horas, eu estava ansioso para conhecer Filadélfia, e a acordei. Ela se espreguiçou manhosa, me beijou.

– Nina, vou me vestir e te esperar no lobby, para tomarmos café e partirmos para Filadélfia. Estou ansioso para conhecer a cidade.

– Levon, meu amor, minha paixão, me beije muito, então prometo que não demoro.

Filadélfia fica a pouco mais de 100 km de Newark e a viagem durou menos de duas horas, em baixa velocidade para não estressar Nina, que estava linda vestindo uma blusa com estampa floral, calça jeans justa no corpo, cabelos presos e quase nenhuma maquiagem.

O dia estava claro, sol, sem nuvens, e uma leve brisa. Eu tinha curiosidade de conhecer Filadélfia, talvez por causa do nome, que acho inspirador – Cidade do Amor Fraternal –, e do filme, que tem o mesmo nome da cidade e trilha sonora com uma canção belíssima. Benjamin Franklin, nascido em Boston, mudou-se para Filadélfia quando ainda jovem e ali fez fermentar ideias que resultaram na Revolução Americana e na subsequente independência do país. Ele foi incentivador de certo "iluminismo" na cidade, que chegou a ser chamada a "Atenas da América". A cidade de Filadélfia fica às margens do Rio Delaware e é uma das mais antigas dos Estados Unidos. É muito bonita, com avenidas largas, parques e praças, e se vê que foi planejada. Nina e eu circulávamos de carro por ruas e avenidas, nas periferias, às margens do rio, por toda a cidade.

– *Philadelphia*... Nina, já viu esse filme?

– Que filme?

– *Philadelphia*.

– Nós estamos em Filadélfia.

– Não estou falando de cidade, estou falando de um filme.

– Que filme?

– Porra, Nina, o filme se chama *Philadelphia*, como a cidade.

– Não. Não vi esse filme. É bom?

– É muito bom. É da década de noventa, rodado aqui, com direção de Jonathan Demme, o mesmo que fez *Silêncio dos Inocentes*. O filme conta a história de um cara, homossexual e portador do vírus HIV. Estrelado por Tom Hanks, que ganhou o Oscar por essa interpretação. É talvez o primeiro filme que foca o tema da AIDS. O que mais gosto no filme é a trilha sonora, que tem uma canção muito bonita do Bruce Springsteen. Na época em que o filme foi feito, Filadélfia, assim como Nova York, Boston e outras grandes cidades da Costa Leste, estava à beira da falência. A cidade tem uma população negra muito grande e já passou por muitos conflitos raciais.

– Puxa vida, Levon...

– Filadélfia é uma cidade bastante violenta.

– Quando foi que você aprendeu tanta coisa sobre um lugar que não é o seu?

Quando vi o filme, quase chorei – Hollywood tem *expertise* em exacerbar as emoções para provocar choro – e tive que fazer esforço para não ir às lagrimas. Eu era um chorão, mas chorava em casa à noite, sozinho, muitas vezes, e não queria chorar numa sala de cinema. Mesmo assim, meus olhos ficaram marejados.

Depois que rodamos pela cidade, resolvi ir para a área central, onde nos hospedamos num hotel tipo três estrelas. Um lanche rápido no próprio hotel e saímos para caminhar um pouco pela cidade, com a intenção de só almoçarmos bem mais tarde. Fomos ao Reading Terminal Market, um mercado que funciona desde 1892, segundo li numa placa. Conhecemos o Independence Hall, onde foram escritas tanto a Declaração da Independência quanto a Constituição Americana. Nina se encantou quando chegamos ao Love Park, pelo nome "Love" e porque dali se avista a bela Benjamin Franklin Parkway, uma larga avenida que leva até a região dos museus. Resolvemos ir caminhando até lá e, ao final da avenida, nos deparamos com a escadaria que leva até o Museu de Arte da Filadélfia, que tem um acervo riquíssimo. Do lado direito da escadaria avistamos a estátua ridícula de Sylvester Stallone na pele de Rocky Balboa, do filme Rocky, *um Lutador*. Como esses norte-americanos podem ser tão babacas, colocando uma estátua como aquela naquele lugar?

– Esse filme eu já vi – disse Nina, animada.

– Ridícula, a estátua.

– Por que ridícula? Achei bonita.

– Deixa pra lá, Nina. Estou esfomeado, vamos para a região de South Philly, onde, segundo li num guia, se encontram os bons restaurantes.

Nina queria almoçar numa cantina italiana, e achei a ideia boa. O vinho – para comemorar nosso segundo dia de viagem – era ótimo, e a comida também. Depois do almoço, já era final da tarde e, quando chegamos ao hotel, começava a escurecer. Tomamos banho juntos e transamos. Em geral, sexo é o cenário em que se desenrolam os miúdos dramas, com seus constrangimentos e decepções. No entanto, mesmo depois de mais de dois anos juntos, eu achava que transávamos bem. Uma transa, diríamos, normal. Com uma mulher com quem você faz sexo há tanto tempo, numa espécie de união estável, não deixa de ser um bom desempenho.

Saímos depois para conhecer um pouco da noite de Filadélfia. A recepção do hotel havia providenciado um táxi, com motorista de confiança, que iria nos conduzir para a região onde se encontram bares, boates, *pubs*, o que nós buscávamos. O táxi já nos esperava, Nina foi até a porta do hotel, sozinha por uns instantes, enquanto eu recebia recomendações de um recepcionista, de pele ruim, cheia de crateras das espinhas da adolescência, de dentes amarelados, que fungava o tempo todo. Quando me aproximei de Nina novamente e coloquei o braço em torno da cintura dela, para entrarmos no táxi, ela estava apreensiva.

– Que foi, Nina?

– Levon, eu vi aquele cara que é leão de chácara do Sandro, seu ex-sócio.

– Você tem certeza de que era ele?

– Não tem como confundir aquela cara de gangster.

– Onde?

– Ele passou aqui agora, ficou me olhando...

– Não se preocupe. Sandro tem negócios aqui na Filadélfia.

– Ele me olhou de uma maneira estranha...

– Não esquenta, Nina.

– Como não esquenta? Isso é muito estranho, Levon. Você me disse que houve um desentendimento entre você e o Sandro, e agora esse cara aparece como se estivesse nos seguindo, nos monitorando.

Voltei à recepção do hotel, deixando Nina ao lado do porteiro, e perguntei ao recepcionista, que fungava:

– Alguém procurou por mim aqui no hotel?

– Sim. Um sujeito esteve aqui querendo saber se o senhor estava, para quantos dias era a sua reserva... Esse tipo de coisa.

– Como era essa pessoa?

– Moreno, estatura média... e mal-encarado. Ele pediu que eu não lhe dissesse nada.

Decidi que deixaria para processar tudo isso na minha cabeça depois; por ora a ideia era me divertir um pouco com Nina.

– Não esquenta, Nina. Assunto encerrado, OK?

Fomos a um pub ótimo. A música era excelente, a atmosfera do lugar era bacana, e tomamos vários drinks, em clima de romantismo.

Quando voltamos para o hotel, já depois de meia-noite, Nina começou a desabotoar minha camisa.

Filadélfia é como eu imaginava, uma cidade encantadora.

18

Quando eu era criança e adolescente, lembro agora, nossa família estava sempre mudando de casa. Minha mãe, que não era de reclamar, dizia às vezes "não dá para mudar para uma casa melhor?", porque toda vez que mudávamos era para alguma casa pior que a anterior. Estávamos sempre um pouco mais pobres. Adolescente, eu entrava para o quarto e ouvia muito jazz, pensando que aquele som era uma aragem benéfica que entrava pela janela, tornando menos soturna a pobreza nossa.

Acordei cedo; isso de acordar cedo acho que é coisa de pobre. Por isso me lembrei das mudanças de casas na infância. Eu já não sou tão pobre, mas a minha história é de menino pobre, adolescente pobre, e uma vida adulta de trabalho, de muito trabalho, em que acordar cedo sempre foi rotina. Então não consigo ficar dormindo, ou somente deitado, além de certa hora. Nina dormia a sono solto. Ela era rica? Não, não era rica, mas teve uma vida mais confortável. Ela parecia rica, tinha porte de rica, e sono de rica. Ela acordou finalmente, tomamos café e pegamos a estrada para Baltimore. A ideia era criarmos uma base e, a partir dela, conhecermos Baltimore e Washington, que fica a apenas 61 quilômetros, e para onde poderíamos ir todos os dias, voltando à noite. Minha programação previa três dias para conhecermos as duas cidades.

Baltimore é uma das mais importantes cidades do Estado de Maryland e se estende ao longo da parte marítima do Rio Patapsco, um braço da baía de Chesapeake. O percurso de 160 km, que a separa de Filadélfia, vencemos em pouco menos de duas horas, e quando chegamos era quase meio-dia. Eu já tinha indicação de um hotel, onde nos hospedamos. A cidade é das mais violentas do país, tendo sido palco de inúmeros conflitos raciais. Nos últimos cinquenta anos, Baltimore mudou de uma cidade de guetos étnicos – os irlandeses, os italianos, os poloneses, os negros – para uma cidade de maioria negra, depois que os brancos fugiram dos conflitos das décadas de 60 e 70 para as periferias. Hoje são duas Baltimores que se dão as costas, e esse contraste entre a cidade dos americanos brancos e a dos negros retrata décadas de desigualdade e de racismo nos EUA. As patologias da América: marginalização, violência, racismo. No universo branco está a Universidade Johns Hopkins, centro de pesquisa de ponta, que fui visitar com Nina. Os americanos brancos não entram nos bairros de West Baltimore, que fui conhecer também, onde estão os negros e onde a expectativa de vida é a mesma do Iraque. Ou do Brasil, como gosta de dizer o Theo. Quantas vezes conversamos sobre isso, e ele, o Theo, tentando defender os Estados Unidos, mesmo reconhecendo ser ele um país extremamente desigual. Do racismo, que Martin Luther King não conseguiu sequer minimizar, Theo dizia que no Brasil ele é ainda mais forte, no que tem razão.

Assim que deixamos as bagagens no hotel, resolvemos circular um pouco pela cidade, de carro, já que Baltimore é uma cidade de porte médio, e assim isso se torna fácil mesmo para um estrangeiro, desde que tenha um mapa. Fomos para os lados do píer e logo encontramos um grande parque de estacionamento próximo de Little Italy, onde poderíamos almoçar.

– Você quer almoçar de novo numa cantina, Nina?

Próximo de onde estacionamos há um museu, o Reginald F. Lewis Museu of Maryland African Art History & Culture. Eu quis conhecê-lo ainda antes de almoçarmos. É um museu interativo sobre cultura afro-americana, tema que sempre me instigou. Achei tudo interessante; Nina ficou chocada em uma das salas onde se exibiam cenas de linchamento de negros, ao som da música de Billie Holiday.

Nina não achou graça nenhuma quando lhe perguntei se queria almoçar de novo numa cantina, percebeu minha ironia e preferiu um restaurante de comida internacional, em pleno Little Italy.

– Pô, Nina, não estou de sacanagem; só pensei que você talvez preferisse uma comida italiana.

– Tudo bem, Levon, mas antes de almoçar quero tomar um vinho para relaxar. Aquelas cenas do museu me deixaram tensa.

– Um vinho para celebrar nosso quarto dia de viagem – eu disse, rindo. – OK, vamos ao vinho, quero sugerir que a gente coma algo bem leve, porque vamos conhecer muita coisa ainda aqui em Baltimore.

Assim que tomei o primeiro gole de vinho, Nina estendeu os braços sobre a mesa, segurou minhas mãos, apertou-as de leve e, com um olhar doce, de uma doçura triste, me surpreendeu.

– Levon, quero ter um filho com você.

– Ah, Nina, de novo? Já falamos disso várias vezes, e já lhe disse que não estou, ainda, preparado para isso. Vamos deixar para falar sobre o assunto quando chegarmos no Brasil. Quem sabe...

– Levon, já estou com mais de trinta anos. Não posso esperar muito mais.

Nina soltou minhas mãos. Ficamos calados.

Não quero falar de filho agora. Quantas vezes ouvi minha mãe dizer: "Case-se, Levon, e tenha filhos. Me dê netos, já que sua irmã é estéril e não pode me dar netos". Eu queria dizer para minha mãe que os nascimentos acontecem sempre num clima de alegria e de euforia irresponsáveis, como se aquele ser que está nascendo viesse a ter horizontes brilhantes, todas as oportunidades de ser feliz e de criar algo útil para a humanidade, e não o contrário, com as chances de ser infeliz e medíocre sendo muito maiores. A vida é isso, o imponderável. A vida é somente isso e não sei se vale a pena, mamãe. O risco é muito grande. Existem tribos indígenas no Brasil que praticam aborto e às vezes matam recém-nascidos, porque não querem filhos que provavelmente sofrerão. Essas tribos, frágeis, vivem em constante sofrimento e pavor, sentindo-se ameaçadas por outras tribos mais fortes e poderosas, que podem invadir suas ocas, estuprar suas mulheres, dizimá-las. À noite, dançam e cantam, não dormem. Celebram solenidades estranhas, rodopiam ao som dos tambores, eles se tatuam, se mutilam, esticam os beiços com rodelas de madeira. A noite é perigosa. A vida é perigosa. Eles têm medo da morte, e têm medo da vida. Tem a história de um amigo, que trabalha comigo. Ele tem passado maus momentos com seu primeiro filho; disse que se houvesse curso sobre a paternidade, orientando sobre os perigos e padecimentos, os sustos, as convulsões, as febres, o cocô mole e o cocô duro, faria todo mundo sair do curso direto para a farmácia, comprar preservativos. Ele me falou sobre uma família na qual nenhum deles tem filho. Não estão acostumados com crianças; preferem criar gatos e hamsters. Os livros, sempre os livros, eles me perseguem. Num deles, Bioy Casares lembrou que um dos heresiarcas de Uqbar declarara que os espelhos e a cópula são abomináveis, porque multiplicam o número de homens. Enfim...

O almoço transcorreu num clima de estranheza, Nina fazendo um recuo estratégico, sem tocar mais no assunto. Eu sabia que ela era capaz de recuos, que tinha estratégias, que tinha perfil de manipuladora. Tentei driblar o desconforto que se estabeleceu entre nós.

– Nina, você está linda. Você é linda. Amo você.

Ela apenas sorriu.

Fomos ao Edgar Allan Poe House and Museum, a casa onde Poe nasceu, onde morreu e onde escreveu sua obra. Eu não conseguia me livrar dessa fixação de ser escritor. Baltimore tem vários museus, inclusive étnicos, e até de cultura judia, The Jewish Museum of Maryland. No fim da tarde, já anoitecendo, chegamos ao hotel com o propósito de tomarmos um banho rápido, e sairmos para tomar drinks e jantar. Por recomendação dos recepcionistas do hotel, fomos a um lugar onde havia um *scoth* bar e, anexo, um restaurante. Achamos a ideia ótima, porque assim não precisávamos ficar circulando à noite, numa cidade violenta como Baltimore. O taxista que nos levou era gentil, e combinamos que ele nos pegasse às 23h. O lugar era agradável e, no bar, encontramos uma mesa bem localizada, num local discreto, onde a música não nos incomodava.

– Nina, eu já disse, mas vou repetir: você está linda com essa roupa.

– Já aprendi a conhecer seus gostos. Comprei esta roupa pensando em você. Lev, te amo muito.

– Como você disse? Lev?

– Você está estranhando porque te chamei de Lev? É uma brincadeirinha. Como te amo muito, às vezes fico tentando achar um apelido carinhoso para você, e seu nome não combina com apelido nenhum, parece nome de remédio. Então encontrei um livro seu, de um escritor chamado Lev qualquer coisa.

– Lev Tolstói.

– Isso mesmo. Uma abreviatura de seu nome. Achei que ia gostar.

– Nina, você às vezes é bem engraçada. Se quiser me chamar assim não me importo, mas é uma coisa meio ridícula.

Levon acrescentou com tristeza que nunca tinha tido um apelido.

– Não é ridícula, não, é bem bonitinho, Lev. Me achei "gênia".

Fiquei calado. De onde essa maluca pôde ter tirado uma ideia dessas?

Depois de alguns drinks, o clima entre nós já era de romantismo, e quando fomos jantar faltava pouco mais de meia hora para o taxista nos pegar.

Depois o hotel, a paixão, o desejo, o sexo.

19

Então, Washington DC. Uma cidade planejada para ser a capital dos Estados Unidos pelo então presidente George Washington, na margem norte do Rio Potomac, tinha que ter a grandeza e a imponência que tem de fato. Washington fica entre os Estados de Maryland e Virginia e abriga as sedes dos três poderes, Executivo, Legislativo e Judiciário, além das sedes do FMI, do Banco Mundial, da Organização dos Estados Americanos.

Washington já teve uma população maior, mas muitas famílias de americanos brancos se mudaram para os subúrbios, ou para cidades vizinhas, por causa das altas taxas de criminalidade. Atualmente afro-americanos compõem a maioria da população da cidade.

O que mais impressiona os visitantes em Washington é o National Mall, uma grandiosa avenida com imensa área verde no centro, onde estão localizados museus, parques, memoriais e prédios públicos. Num extremo, o Monumento de Washington; no outro, o Capitólio.

Nina e eu conhecemos, de uma maneira superficial e ligeira, andando a pé, o Lincoln Memorial, o Monumento aos Veteranos, o Memorial dos Veteranos da Guerra da Coreia – os Estados Unidos gostam de uma guerra –, a Galeria Nacional de Arte, o Complexo Smithson. Cansados, resolvemos ir almoçar em Georgetown, no Waterfront Park, um local especialmente agradável, com lojas descoladas e bons restaurantes. Como ali é o setor universitário, há muita gente jovem circulando. É como se fosse outra cidade.

Já era final de tarde.

– Lev, me leve a uma igreja. Quero rezar um pouco, agradecer por tudo que está acontecendo conosco.

– Nunca soube que você é religiosa.

– Sou católica, sem ser muito praticante. Estou feliz com você e quero agradecer a Deus. Ultimamente tenho ido à igreja pelo menos uma vez por mês.

A Basílica of the National Shrine of the Immaculate Conception é uma igreja de arquitetura bela. Levei-a até a porta, ela pediu que eu entrasse. Entrei na nave da igreja, para ver seu interior. Tudo ao redor era surpreendente; a abóbada alta e azul do teto descia até as paredes laterais, cobertas com imagens sacras em molduras douradas; e os vitrais atravessados pelo sol daquela hora filtravam a luz de forma mágica. Percebi seu rosto estranhamente corado e contrito, quando ela fez uma genuflexão. Deixei-a de joelhos, rezando, e fui para o exterior da igreja, pensando em como minha mãe tentou me ensinar a ser católico. Quando criança, ela me levava às missas de domingo. Na adolescência comecei a me esquivar daquilo. À medida que estudava e lia, lia muito, passei a não crer em nada que se referisse à religião católica. A descoberta da história da Inquisição, de todos os crimes cometidos pela Igreja naquela época e de que havia uma legião de padres pedófilos contribuiu para que eu passasse a ter até aversão às coisas da Igreja. Minha mãe, então, dizia: "Um menino brilhante como você, que só tira 10 na escola, um garoto estudioso e bem-comportado, por que não vai à missa? Por que não gosta de religião?".

Eu queria dizer para ela: "Não preciso de sermões de padres pedófilos. Sou capaz de levar uma vida decente sem precisar acreditar em crenças impossíveis de se comprovar, crenças sem fundamento na realidade, que não passam de histórias inventadas, em que os adultos católicos acreditam".

Quanto à Nina, devia estar rezando, não para agradecer, conforme ela disse, mas para pedir ao deus dela que a ajude a se casar comigo na igreja, que a ajude a ter uma penca de filhos comigo.

Ela pensava seriamente no seu futuro e preferia tentar realizá-lo com seu deus dando uma mãozinha. Eu também pensava no meu futuro, mas sem ajuda de nenhum deus. Para ela isto: uma casa, um marido e uma penca de filhos. Exatamente o que eu não queria para mim.

Nina se demorou na igreja, e quando saiu já anoitecia.

– Vamos para Baltimore, Nina. Amanhã voltamos, e estou pensando em mudar os planos. Talvez seja melhor sairmos de Baltimore bem cedo, virmos para Washington e nos hospedarmos em um hotel daqui. Não temos nada mais a fazer em Baltimore, e estou com vontade de ir a uma casa noturna que o Theo recomendou, a Bohemian Caverns Jazz. Estando instalados aqui fica mais fácil e podemos chegar ao hotel mais tarde, sem risco.

– Como quiser, Levon. Somente acho que se foi o Theo que recomendou deve ser uma droga – disse, com amargura.

20

O que eu estava vivendo era como férias, uma lua de mel. Nada para fazer, além de curtir a viagem ao lado de uma bela mulher. As paisagens e as cidades se sucediam. Não tinha do que reclamar...

Fizemos o *checkout* e rumamos para Washington. Nina, como sempre, estava muito bonita, com uma roupa esportiva e elegante.

– Nina, você está linda. De novo sua roupa está superelegante. Você deu uma renovada legal no seu guarda-roupa.

– Renovei o guarda-roupa pensando em você, Lev – ela disse, carinhosa, e completou: – A cada roupa que eu comprava, imaginava se você gostaria dela. Pelo que estou percebendo, acertei.

Era cedo ainda, e o dia, maravilhoso; o som do carro tocava Nina Simone, *My Sweet Lord*, mais de dez minutos de encantamento. Quando chegamos a Washington, procurei um bom hotel próximo a U Street, ponto de grande movimento noturno, com restaurantes, lanchonetes, bares e baladas, e onde se respira cultura negra. Há até restaurantes etíopes. O Lincoln Theatre, onde mataram Abraham Lincoln, no final da Guerra da Secessão, também fica próximo. Ficamos perto também do Bohemian Caverns Jazz, com seu ambiente prenhe de história américo-africana, que faz lembrar Duke Ellington, Langston Hughes...

Nina gostou de U Street, repleta de turistas e muito movimentada. Disse a ela que Washington, exceto na região da Casa Branca, do Capitólio e do National Mall, é tão violenta quanto Baltimore, com uma população predominantemente negra.

Fomos ao Memorial Nacional da II Guerra, ao Franklin Delano Roosevelt Memorial, ao Jefferson Memorial, ao Old Post Office, um edifício antigo, de cuja torre se tem uma vista da cidade. Fizemos um lanche rápido na sua praça de alimentação e depois fomos à Casa Branca, que fica próxima. Visitamos ainda a Biblioteca do Congresso, com arquitetura belíssima, onde me impressionei com a quantidade de livros e com a riqueza de detalhes daquele imenso interior.

Minha ligação com livros... quando adolescente, a leitura acendia minha imaginação, a fantasia, o que terminava por me fazer mentir muito. "Levon, deixa de ser mentiroso" – minha mãe dizia. Perdi muita coisa por ficar lendo livros. Não jogava futebol, não soltava pipa, tinha poucos amigos, ninguém queria amizade com um cara como eu. Lembrei do Theo, que costuma dizer: "Levon, cultura demais mata o físico. Muitos livros, muitos filmes, muitas palavras, muito blá-blá-blá... Nunca tive ideal nenhum, a não ser desejar ser burro, iletrado, alienado, barrigudo e feliz. Ah, Levon, ser feliz! Já li tudo e já experimentei quase tudo, macrobiótica, drogas, acupuntura, ioga, astrologia, e nada de felicidade. Às vezes uma felicidadezinha fuleira e passageira".

À noite fomos para o Bohemian Caverns Jazz. Eu estava ansioso para conhecer o lugar e curtir o que mais gosto em se tratando de música: jazz. O lugar era ótimo, com um clima transgressor. O cantor negro toma um gole de algum líquido e desce do palco cantando *I feel good*, de James Brown, numa cadência lenta, mágica, e ele circula pelo bar segurando o microfone; se aproxima de nós, olhando direto para Nina, por alguns segundos.

– Levon, este lugar é excitante – ela disse, languidamente.

– Ótimo que você tenha gostado.

Ela me beija, se encosta, sussurra obscenidades no meu ouvido, me puxa para junto dela, um perfume delicado e sutil que se mistura ao cheiro natural e bom do corpo de mulher com desejo.

Quando chegamos ao hotel, meio bêbados e já de madrugada, nos engalfinhamos na cama.

– Lev, quero ir por cima. Quero comandar as ações. Fica quieto, quietinho...

E ela veio por cima, seu corpo se encaixou no meu, e o ritmo dela era o meu ritmo.

21

Tínhamos acordado tarde, resolvemos ficar por perto do hotel, no meio daquele burburinho de turistas. Eu me sentia indisposto. No dia seguinte partiríamos para Atlanta; íamos enfrentar a jornada mais longa, cerca de mil quilômetros. Havia um tumulto logo adiante, um policial segurava os braços de um jovem negro, os braços dele torcidos para trás, e o policial gritava; havia muitos curiosos em volta. Uma mulher negra se aproximou de nós, empurrando as pessoas, e ela se parecia com aquelas negras que a gente vê nos filmes, cantando nas igrejas. "Sorry, sorry, what's happening?" Surge um carro de polícia, descem dois outros agentes, derrubam o jovem no chão e o algemam de forma truculenta, o rosto dele sangrando, aquele trecho da rua se enchendo de curiosos, e a mulher negra: "Oh, God!". Ela dizia que os negros são maltratados, que a polícia é violenta com os negros, oh, God. Finalmente colocam o rapaz no carro e saem dali, como se não quisessem que se presenciasse a cena e, por isso, tinham que sair rapidamente. Nina se volta para mim assustada, segura minha mão, com sua mão úmida, e eu disse a ela que isso é da natureza violenta do americano, oculta sob camadas de civilidade.

– Esse é o padrão, Nina, prender jovens negros, com toda truculência possível. No Brasil é pior, lá eles matam jovens negros.

Aquilo deixou Nina chocada. Quando fomos dormir, ela ainda falava sobre a violência dos policiais, e como ela teve pena do pobre rapaz preso. Acordamos cedo e logo estávamos na rodovia 95. Eu não estava bem, sentindo ainda a indisposição da ressaca do dia anterior. Quando havíamos rodado cerca de 350 quilômetros, decidi que o mais prudente seria pernoitar em Durham, já no Estado da Carolina do Norte, e seguir para Atlanta no dia seguinte. O dia estava nublado, feio, o que fazia piorar meu estado de espírito.

– Nina, não estou bem. Vamos dormir em Durham e amanhã bem cedo partimos para Atlanta.

Consultou aquele mapa ridículo, que ela abria e manuseava durante toda a viagem, de tempos em tempos, e concordou:

– Como você quiser, Lev. Hoje, mesmo não estando muito bem, como diz, você não me escapa. Anteontem tivemos aquela noite maravilhosa, quando você estava especialmente gostosinho. Adorei aquela sua pegada. Quero repetir.

Pegada!! Vai entender as mulheres! Vivemos em um momento complicado. A mulher tem todo o direito de conquistar espaços, no trabalho, na política, no sexo, e almejar o papel dominante, inclusive no sexo. Isso sempre foi do homem, e agora ele tem que negociar com a mulher. Ela tem cobranças em relação ao homem: o cara tem que ser sensível, mas tem que ter pegada. Não pode falhar, mas se não falha nunca, não demonstra sensibilidade. Já neuróticos, buscamos entender o que elas querem – coisa que nem elas sabem – e ficamos perdidos. O homem contemporâneo, ao contrário do macho de antigamente, está preocupado com a mulher, quer saber do que ela gosta, quer agradá-la; diferente da época de nossos pais. Sou um cara romântico, não nego, e considero todo romântico um imbecil, que acredita em tudo, que cria fantasias a ponto de acreditar que vai amar a pessoa para sempre, para o resto da vida. Não vê a mulher que está com ele como ela é, e sim como ele a imagina. As mulheres achavam casamento uma caretice. Agora está havendo um retorno ao passado. Com a crise econômica e a falta de dinheiro, as mulheres voltaram a valorizar o casamento, o marido; sem casamento se sentem abandonadas, sem marido ficam sem chão na sociedade machista em que vivemos. Pegada!!! Nina tinha um gosto por sexo que poucas mulheres.

22

A paisagem dos dois lados da rodovia, quando deixamos Durham, era plana e imensa. Amarelos, verdes, marrons: a vegetação sob o sol cintilava intensa. A imensidão dava a tudo um aspecto selvagem, bonito e selvagem, as terras cultivadas, o céu alto, sem nuvens.

Atlanta fica a pouco mais de 600 quilômetros de Durham, e gastamos algo como seis horas de viagem. Viajamos sem parar, eu estava descansado e já havia me recuperado da ressaca. Entramos no Estado da Geórgia, depois de passarmos pela Carolina do Sul, e chegamos a Atlanta no meio da tarde. Os outdoors anunciavam que estávamos chegando, e então tem os subúrbios, com aquelas ruas paralelas à rodovia e as perpendiculares a elas, que vão levar a bairros e cortiços. Quantas vezes eu tinha ido com meu pai para as periferias, os subúrbios de nossa cidade, procurando as casas de lapidadores, serradores, ou formadores de pedras preciosas, ou proprietários de geradores para as lavras. E então assistia à troca de gentilezas e palavrões, aos abraços, com tapas fortes e sonoros nas costas, e muita conversa fiada. Antes de entrar na cidade, paramos num restaurante às margens da rodovia, que nos pareceu interessante para almoçar. Estávamos famintos.

O que eu sabia sobre Atlanta? – quis saber Nina.

– É a capital do Estado da Geórgia, e seu aeroporto – Hartsfield Jackson – é o mais movimentado do mundo. Durante a Guerra Civil, nos anos mil e oitocentos, foi praticamente destruída. Foi habitada por índios creek e cherokee.

– Puxa, Levon, você é bem-informado...

– Atlanta é famosa, porque aqui nasceu Martin Luther King, e a cidade foi um importante centro organizador do Movimento dos Direitos Civis dos negros, liderado por ele, durante os anos sessenta. Em 1968, ele foi assassinado.

Percebi em Nina uma expressão estranha, como se estivesse longe dali. Ela se levantou para ir ao banheiro e quando voltou disse ter ficado menstruada. Estava pálida, com o olhar intenso.

– Levon, o Sandro, seu ex-sócio, tem negócios também aqui em Atlanta?

– Que eu saiba, não. Por quê?

– Quando estava indo à toalete, vi pela vidraça lateral aquele leão de chácara dele. O mesmo de Filadélfia. Ele olhou para mim demoradamente, depois arrancou com o carro e se foi.

– Como era o carro?

– Um automóvel grande, cinza escuro, metálico.

– Nina, não quis te falar, mas, quando chegamos àquele hotel em Durham, tive a impressão de tê-lo visto também. Esse filho da puta parece estar nos seguindo. Isso está começando a me deixar preocupado. O Theo diz que o Sandro é bundão, mas nunca se sabe ao certo quem é uma pessoa. Vou ter que ficar muito ligado.

– Não fique muito preocupado, Lev. Ainda que você tenha motivos para se preocupar, quero que você fique alegre para compensar minha tristeza. Quando estou nesse estado, fico muito tensa e triste. Muito triste. Você nunca fica triste, Levon?

– Estou, de certa maneira, sempre triste. Sou triste. Igual minha mãe. Mas como ela, coitada, procuro não demonstrar. Ela e eu aprendemos a ir acumulando tristeza dentro de nós mesmos.

Minha mãe. Ela, coitadinha, era pior do que eu em matéria de tristeza. Acumulava, tanto quanto possível, dentro de si, as decepções de muitos e muitos anos de existência medíocre. Ah, como minha mãe levou uma vida ruim, trabalhando muito e às vezes chorando baixinho, pelos cantos da casa. Cuidando dos filhos e suportando o marido boçal. Não quero ser acumulador de tristeza como minha mãe, somente ser triste e melancólico. As pessoas se acostumam com a infelicidade, e quanto mais ela se prolonga no tempo, mais fácil é se acostumar com ela.

Depois do almoço, fomos para um hotel na parte central de Atlanta. À noite passeamos a pé, nas proximidades do hotel; mais tarde tomamos alguns drinks, jantamos e fomos dormir.

No dia seguinte, conhecemos um pouco da cidade, começando pela Vila Olímpica, onde aconteceram os Jogos Olímpicos de 1996. É um grande parque, bonito e bem cuidado. Fomos ao Martin Luther King Jr. National Historic Site, no distrito de Sweet Auburn, visitamos a casa onde nasceu o líder negro e o túmulo de Martin Luther King e sua mulher, Coretta, e conhecemos a Igreja Batista Ebenezer, onde a família King costumava pregar. Conhecemos o Millenium Gate e o centro histórico de Atlanta, em Buckhead, onde também se encontram alguns dos mais famosos restaurantes da cidade. Aproveitamos que estávamos por ali e almoçamos num excelente bistrô. Nina estava abatida e triste.

– Levon, quando voltarmos para o hotel, vou te deixar sozinho um pouco. Quero ir a um salão que fica não muito distante do hotel, que me pareceu bacana. Vou fazer as unhas, dar um trato no cabelo, enfim, essas coisas importantes para nós, mulheres, e que vão me ajudar com minha autoestima. Faz mais de uma semana que estamos viajando, e isso está me fazendo falta. Vou ficar menos triste.

– OK, Nina, faça isso. Aproveito e dou umas voltas por aí.

Nina saiu, me vi sozinho, e tive uma sensação estranha. Eu não queria sentir isso que estava sentindo, porque Nina não merecia, mas estava me sentindo muito bem. Escrevi um bilhete para ela: "Nina, quando voltar para o hotel, se não me encontrar, não se preocupe. Talvez eu demore um pouco. Vou tomar uns drinks e pensar na vida". Coloquei o celular sobre o bilhete num lugar visível e saí.

Não havia dúvida, estava me sentindo bem. Apaixonar-se é fácil, difícil é ficar junto. Sentei-me no balcão de um bar, pedi um uísque puro, com gelo.

Ah, se eu tivesse encontrado Nina antes, mais cedo, quando eu ainda podia escolher qual caminho seguir. Antes de perder meu entusiasmo, minha juventude. Agora talvez fosse tarde, eu já havia escolhido o caminho da inquietação. Voltei sozinho para dentro de mim mesmo, pensando que estava muito inseguro com tudo que estava acontecendo. Eu gostava de Nina, mas gostava mais do meu vício da solidão, desse impulso de fugir de todo lugar. Procurando o quê? Eu não sabia. A gente fica pensando em como vai encontrar força suficiente amanhã para continuar fazendo o que fizemos na véspera, há tanto tempo. Temos que nos empanturrar de sonhos para atravessar a vida. Há décadas pensei que poderia ser escritor, e agora onde está o escritor que estava dentro de mim? Desapareceu, e no lugar dele incorporou-se em mim um sujeito que se tornou empresário, mas que não dá nenhum valor a isso, que se sente inseguro, numa busca constante de algo que não sabe o que é. Agora tem uma mulher ao lado dele, da qual está começando a fugir, e um leão de chácara que parece estar no seu encalço. Esse sujeito que já tinha deixado sua família para trás, que ama sua mãe, mas não teve coragem de ficar com ela, ou voltar para ela, que mal conhecia sua irmã, depois de tantos anos, tinha perdido as referências, os nomes, os endereços, os telefones, os costumes. Esse sujeito havia esquecido quase tudo. Minha mãe, minha irmã, como eu as amava. Amava. Porque já nem sei se as amo ainda. Fugi delas. Fugi do sofrimento das duas, e também do meu pai carregando os sucessivos fracassos. Como se sofrimento fosse algo contagioso – e penso que é – e eu estivesse fugindo desse contágio. Creio que Nina entrou na minha vida tardiamente, quando eu já tinha perdido o entusiasmo de viver, quando eu já me tornara cético. No entanto, eu precisava insistir na tentativa de ter alguma felicidade ao lado dela. Não podia desistir. Inúmeras vezes pensei sobre o tema da sorte, sobre como ela tem de estar conosco nas horas certas, e não tardiamente, como acontece com quem não tem sorte. O mundo de hoje, racional, tenta eliminar a palavra sorte, como se fosse assim: o que temos e realizamos depende unicamente de nós. Como se a felicidade fosse sempre uma construção pessoal, que depende de método e esforço. E a infelicidade fosse resultado unicamente de nossa incapacidade de sermos felizes. Como se a felicidade não fosse, também, produto de circunstâncias que escapam de nosso controle, oportunidades que não surgiram, ausência de ação de terceiros. Outra dose de uísque. A verdade está no álcool, a verdade se manifesta agora, a sordidez do meu caráter, a impossibilidade de amar, o egocentrismo. E esse gosto pela solidão, que não nasceu em mim, mas que se instala e cresce em mim, sem raízes, se alimentando de si mesma, ou do ar em que flutua, em suas idas e vindas, porque ela é nômade, vai e volta. Às vezes penso que sou meio autista, pelo que sei dos sintomas do autismo. Nunca perguntei à minha mãe, ou ao meu avô, ou à minha irmã, como vai a minha avó, ou minha tia X, ou o parente Y. Nem sobre Aretha, a cadela que eu amava e eu próprio batizei e que já morreu, pobre Aretha. Sem contar minha extrema dificuldade de me relacionar afetivamente com as pessoas. Sou um imigrante, um exilado, com o coração endurecido. Só consigo me sentir assim.

Quando voltei para o hotel, já meio bêbado, encontrei Nina num estado de espírito deplorável. Ela se jogou nos meus braços, choramingando.

– O que houve? Por que demorou tanto? Você deixou o celular, estava fugindo de mim? Eu te amo, Lev! Eu te adoro. Por favor, não me despreze. Eu não suportaria isso. Você é o melhor cara que conheci em toda minha vida.

Poderia tomá-la em meus braços... para quê? Não posso fazer nada por ela. Está sozinha como eu. Nina também é uma solitária e precisa se agarrar a mim para tentar vencer esse mal. Ela está com mais de trinta anos, quer se casar, ser mãe, quer morar numa casa com o maridão e os filhos.

Deitamos juntos, de roupa, e choramos, lembramos até o desnecessário; falamos coisas inúteis e idiotas, como se fôssemos sonâmbulos. Misturamos nossas lágrimas, e adormecemos!

NINA

Me preocupo porque Levon não compartilha comigo o desejo de ter filhos. Eu quero tê-los, preciso disso e tenho pouco tempo, o que me faz ficar muito ansiosa. Me incomoda lembrar que disse a Levon: "Eu te amo, Lev! Eu te adoro", de uma forma tão apaixonada e chorosa. Ando dizendo isso muitas vezes, logo eu que não gosto dessas manifestações óbvias. Eu estava desesperada. Levon é uma excelente pessoa, um homem bom, talvez o melhor que eu tenha conhecido. No entanto, a impressão que tenho é de que todos os homens se sentem muito bem, quando fazem nós, mulheres, sofrermos. Como eu odiei meu pai quando ele passou a perseguir minha mãe, porque ela estava tentando ser feliz de alguma forma, e como ele fez minha mãe sofrer quando estavam separados e também enquanto durara o casamento dos dois, ao final. Levon não pode saber disso de jeito nenhum, mas tive oportunidade de ser mãe. A maternidade já estava dentro de mim, e eu fui àquele edifício sórdido e mal afama-

do, entrei numa sala pavorosa, deprimente, com cheiro de álcool e éter, e ali deixei o que havia germinado no meu ventre. O pai não queria o filho, e já não queria também a mãe do seu filho morto. Como aquele cara me fez sofrer! Levon e eu não podemos permitir que nosso amor definhe e morra.

Eu queria que Nina ficasse feliz, e não há nada que deixe uma mulher mais feliz que levá-la às compras. Foi o que fiz. Voltamos às imediações do Milennium Gate, para explorar a Atlantic Station, com inúmeras lojas de grife, além de restaurantes sofisticados. Almoçamos na região, já à tardinha, e quando voltamos para o hotel anoitecia. Nina estava radiante com seus pacotes de compras. Sugeri que lanchássemos no hotel e fôssemos dormir cedo, porque no dia seguinte tínhamos uma jornada longa.

Dormir cedo, acordar cedo: eu já estava vestido e pronto para a viagem quando Nina se levantou.

– Faça tudo com calma, Nina. Te espero no lobby.

Eu queria ligar para o Theo, sem que ela estivesse por perto. Liguei, e ele atendeu.

– Theo? É Levon.

– E aí, mineiro, como está? Como estão as coisas?

– Está tudo ótimo, Theo. Estamos em Atlanta e daqui a pouco vamos viajar para Nova Orleans.

– Você e a Nina estão bem? Quer dizer, os dois...

– Estamos bem. Ontem houve um incidente de percurso, mas nada grave. Deixei a Nina no quarto e desci para falar rapidinho com você, antes que ela desça. É o seguinte: estou preocupado com um lance que está acontecendo. Na Filadélfia e num restaurante de estrada aqui próximo de Atlanta, a Nina afirma ter visto aquele leão de chácara do Sandro, em atitude suspeita. E eu próprio tenho a impressão de tê-lo visto em Durham. Esse cara parece que está me seguindo. Eu queria que você desse uma sondada por aí, com relação ao Sandro.

– Se você acha que está sendo seguido, tem que se preocupar mesmo. Vou dar uma investigada por aqui. Tenho que te dar uma posição enquanto você estiver em Nova Orleans ou Houston, para onde você pretende ir em seguida. Você não deve entrar no México antes que a gente saiba o que está acontecendo. Dentro dos Estados Unidos você está mais seguro, porque, se estão com intenção de fazer alguma covardia com você, vão pensar duas vezes, porque sabem que aqui é barra pesada e a justiça funciona. Já o México é como o Brasil, ou pior. Não tem lei. Você não deve entrar em território mexicano, antes que a gente saiba qual é a desse cara. Em breve te dou notícias.

– OK, Theo, te agradeço. E Aline e os garotos, como vão? Dê um abraço em todos por mim. Falamos em breve.

Nina desceu logo depois, fizemos o checkout e partimos para Nova Orleans. Sempre sonhei, desde adolescente, conhecer New Orleans, ou La Nouvelle-Orléans, como seus fundadores franceses a chamam. Na minha fase adulta cresceu essa vontade à medida que eu me tornei aficionado pelo jazz, pelo soul, pelo blues, pelos sons que, todos dizem, inundam a cidade.

A caminho de Nova Orleans, passamos pelo Alabama, onde as rádios locais tocam blues e country, ininterruptamente. Poderíamos ter escolhido passar por Montgomery, capital do Estado, mas preferi seguir por Birmingham, onde paramos por algum tempo. A cidade fica aos pés dos Apalaches, cenário dos filmes de faroeste da minha infância e adolescência, o que me trouxe boas lembranças. Assim que saímos de Birmingham, começou a chover forte; passamos por uma cidade chamada Tuscaloosa, sob uma verdadeira tempestade. A chuvarada durou pouco, e logo depois o sol brilhou de novo, o dia ficou luminoso e belo. Bela também estava Nina, mas eu tinha, aos poucos, perdido o hábito de elogiar a sua beleza. Então, entramos no Estado do Mississipi – “onde fica New Albany?”, pensei.

– Nina, veja no seu mapa onde fica New Albany.

– Vou ver – ela disse, animada, e abriu aquele mapa horroroso, em pedaços, sobre o painel do carro. E ela está passando o dedo indicador sobre o mapa...

– Vou parar um pouco no acostamento...

– Não precisa. Já vi onde fica aqui. Fica longe, ao norte daqui. Por que você quer saber onde fica essa cidade?

Fui para o acostamento de toda maneira, porque pensei ter visto o automóvel cinza metálico pelo retrovisor. Ele desapareceu.

– Porque é onde nasceu Willian Faulkner, um dos maiores romancistas de todos os tempos. Ele chamava o Rio Mississipi de O Velho, como nós chamamos o Rio São Francisco de Velho Chico.

– No mapa ela é um pontinho...

– Deve ter menos de 10 mil habitantes. Aqui no Mississipi o tempo parece congelado desde que os direitos civis se tornaram lei. Aqui é o Mississipi de Faulkner.

Às margens das estradas, no sul profundo dos Estados Unidos, ainda se veem algodoeiros que se perdem de vista, casebres, às vezes uma ou outra fazenda. Nos pequenos lugarejos às margens da rodovia, as casas têm invariavelmente o mesmo estilo – estilo Mississipi? –, sempre sem muros, soltas nos gramados. Parecem tristes.

O Mississipi é um Estado rural, e eu, mineiro, nascido entre as montanhas, achava estranha aquela paisagem plana e monótona. Finalmente, entramos no Estado da Louisiana, dos pântanos que, dizem, fazem lembrar cenários de filmes de ficção científica ou de terror.

Nova Orleans foi fundada por colonos franceses, que a mantiveram sob seu controle até quando o Tratado de Paris foi assinado e o controle da cidade passou para os espanhóis. Voltou a fazer parte da França e, algum tempo depois, os americanos a compraram da França e assumiram seu domínio. Desde a sua fundação, Nova Orleans mantém característica multicultural, com população mesclada de franceses, espanhóis, haitianos, americanos brancos e afro-americanos. A essa população mesclada se juntaram imigrantes alemães, irlandeses e italianos. Grande porção de Nova Orleans se situa abaixo do nível do mar, e a cidade é cercada de diques. As enchentes do Rio Mississipi são uma ameaça constante à integridade da cidade.

– Nina, em agosto do ano passado houve um evento trágico em Nova Orleans e região. O furacão Katrina atingiu em cheio a cidade, que ficou com mais de oitenta por cento de sua superfície submersa. As inundações foram causadas pelas falhas nas barreiras e diques da cidade e pelo não fechamento de comportas. Com a maré, os diques não conseguiram conter as águas do Mississipi e do Lago Pontchartrain. A população da cidade, que era de 400 mil, caiu para 200 mil, na maior diáspora dos Estados Unidos.

– Me lembro disso, Lev, acompanhei pela TV.

– A população da cidade é, em grande parte, de pobres e afro-americanos. Com isso, o governo absurdo do Bush abandonou a cidade à sua própria sorte. Depois de protestos generalizados pelo país, ele deu um pequeno refresco.

– Nunca gostei desse cara – disse Nina, com expressão de asco.

– O mais interessante dessa história do Katrina é que ela se entrelaça com outra, que tem a ver com o Brasil. Em 2001, uma pedra de 380 quilos foi encontrada num garimpo da Bahia. Um bloco de rocha com nove cilindros verdes, ou lápis, o maior deles com um metro de altura. Cilindros de esmeralda. A enorme rocha foi levada para São Paulo e de lá enviada aos Estados Unidos pelo FedEx, como se fosse material asfáltico, com valor declarado de cem dólares. Foi roubada, negociada, tudo muito obscuro, até vir parar num depósito que foi inundado pelo Katrina, aqui em Nova Orleans. Hoje a "Esmeralda da Bahia" é motivo de pendengas judiciais, com interveniência do governo federal americano. Dois importantes museus demonstram interesse por essa preciosidade, inclusive o de História Natural de Washington, onde já estão outros tesouros originários do Brasil, como o Diamante Português, um dos maiores do mundo, e o Topázio Americano, com 4,5 quilos e o tamanho de um iPad, a maior peça lapidada do gênero. O Theo tem razão: o Brasil é um país surreal. Talvez você se interesse em saber como conheço essa história e como sei a data do Katrina. Sei da história da "Esmeralda da Bahia" porque meu pai era pedrista e, como nunca consegui me desvencilhar disso, alguns pedristas que vão à Feira de Tucson me contaram. Sobre a data do Katrina, eu sei porque faço aniversário exatos 30 dias depois.

– É mesmo, Lev, falta pouco tempo para seu aniversário.

– Vou fazer 46 anos. Como você pode conviver com um sujeito tão velho como eu?

– Ora, Levon, você tem 45, mas parece ter somente 44.

– Engraçadinha!

Em Nova Orleans, a impressão que tive não foi das melhores; a cidade ainda sendo reconstruída, depois de um ano da passagem do Katrina. Logo o carro ficou retido no tráfego, por caminhões-betoneira; máquinas faziam enorme ruído, a rua estava imersa em confusão. Um homem negro atravessou, empurrando um carrinho com algo dentro, e ele parecia, às vezes, levar um instrumento à boca – um sax, um trompete? – e tocar. Por mais velhas e decadentes que sejam as coisas, as paisagens ainda acham força para envelhecer mais. O cheiro de decadência estava no ar. À medida que avançávamos na cidade, percebíamos que a parte dela que interessa ao turismo estava totalmente recuperada.

Em pouco tempo eu já estava impregnado de Nova Orleans. Queria descobrir cada bar, cada pub onde houvesse música. Começava a anoitecer, quando encontramos um hotel no bairro francês, que me pareceu, pelo nome, ser bom. Ele tinha a cara da Nova Orleans que eu imaginava, do Mardi Gras, da cultura cajun proveniente dos franceses brancos, católicos; da cultura creole, originária dos imigrantes brancos e negros das colônias francesas nas Antilhas, a Martinica, o Haiti. Nova Orleans da culinária marcante, a partir da miscigenação, do multirracialismo.

A ideia era tomarmos um banho e sairmos para comer algo, de preferência num local que tivesse música. Já era noite e fomos ao Palm Court Jazz Café, onde tinha uma boa comida e jazz, muito jazz, de excelente qualidade.

Quando entramos, Nina um pouco à frente, não pude deixar de notar que ela mantinha a cabeça sempre erguida, confiante no seu próprio pescoço longo, esguio e belo. E nos seus lindos ombros. Ela andava de maneira elegante, entrava nos ambientes de forma firme e provocante, com um leve balançar de quadris. Tomamos um bom vinho, jantamos, e eu estava fascinado com a música. Mas eu queria mais, queria, se fosse possível, conhecer tudo. Fomos para o Razoo Bar and Patio, que depois de certa hora se transforma em boate. Ali a música era também fantástica, tomamos vários drinks e, já meio bêbados, ensaiamos passos de dança, com Nina se esfregando em mim.

– Lev, não achei esta cidade nem um pouco bonita, mas os bares são ótimos.

– Acho bom que você esteja gostando, porque quero passar muitas noites em Nova Orleans. Quero conhecer tudo.

– Os ambientes são excitantes. Eu poderia te dizer que estou molhadinha, mas estaria mentindo. Estou ensopada. Vamos para o hotel, Levon...

Já era madrugada e, quando nos aproximamos da vaga no estacionamento, com o número do nosso apartamento numa placa, algo estranho chamou nossa atenção.

– Que é aquilo, Levon?

Havia na vaga, junto ao muro de tijolos, duas velas vermelhas, com formatos estranhos, acesas. Descemos do carro e, quando nos aproximamos, vimos que, sem dúvida, se tratava de um "despacho": um pratinho de alumínio com farinha, uma garrafa de tequila, as duas velas acesas...

– É um despacho de macumba.

Fui tomado de uma fúria repentina, chutei aquilo tudo, e continuei chutando enfurecido, até que me acalmei.

– Que coisa estranha, Levon! Isso é magia negra.

– Da pesada, Nina. É uma oferenda aos espíritos, às entidades. Pedem às vezes proteção, às vezes amor ou dinheiro e, outras vezes, morte. Aquele Sandro filho da puta... ele tem em cima da sua mesa vários cristais, tem um grande e negro, e duas velas. Nunca fiz nenhuma ligação daquelas coisas com ocultismo, magia...

Eu estava bêbado, chutei o vazio com violência e gritei: Foda-se!

Quem fez aquele "despacho" tinha colocado um anteparo, uma proteção de papelão contra o vento, para que as velas se mantivessem acesas, e elas estavam quase inteiras, o que significava que aquilo tinha sido feito havia pouco tempo. Nina, assustada e um pouco "alta", se aninhou em mim e levou a mão à minha virilha.

– Estou mais excitada ainda.

"OK, Nina, você acha que o prazer do sexo é tudo o que eu quero? E que, se você está me dando isso, está tudo bem? Não. Não está tudo bem."

No hotel nos atracamos como um casal de chimpanzés. Depois dormi assombrado por pesadelos. Pesadelos com precipícios, talvez aqueles mesmos precipícios nas margens dos quais meu pai tinha vivido seus últimos anos. Quando descobriram quem tinha matado meu pai, minha irmã me ligou contando como tudo tinha acontecido. O amigo dele, que a ajudou quando ele foi morto, dissera a ela que nosso pai estava correndo risco de ser morto já havia algum tempo. "Ele vivia na corda bamba, à beira de um precipício, tinha feito inimigos violentos que se sentiam lesados e não iam deixar, de jeito nenhum, que ele ficasse impune. Ele tinha que pagar."

Quando eu era pequeno e meus pais ainda tinham uma convivência normal, fomos para uma praia no sul da Bahia, no verão, e ficamos numa casa construída próxima de uma falésia. A praia ficava lá embaixo e tínhamos que andar muito, sempre descendo, para chegar na areia da praia. Um dia, minha mãe e eu nos sentamos num gramado próximo daquelas falésias e ficamos admirando o mar lá embaixo, se encontrando no horizonte com um céu limpíssimo. Ouvia-se somente o som do mar, o ruído das ondas; minha mãe então disse: "Meu filho, não quero que você se aproxime desse barranco" – ela chamava de barranco, mas era um precipício – "fique sempre distante dele. É muito perigoso".

Acordamos tarde, e depois do café da manhã eu já queria andar pela cidade, viver seu clima. O hotel em que nos hospedamos está situado no bairro mais antigo de Nova Orleans, o Bairro Francês; nesse bairro que fica a Bourbon Street, a rua mais famosa da cidade, que se estende por 13 quarteirões, desde o Canal Street até a Esplanada Avenue. Eu queria andar por ela, conhecer os bares, os restaurantes, as lojas, os becos. Queria me fartar de Nova Orleans, cidade mágica onde você pode se surpreender, na feia esquina das ruas Perdido e Rampart, com o sobrado onde nasceu o jazz, o Eagle Saloon. Foi ali que Buddy Bolden tocou pela primeira vez um blues no ritmo sincopado do ragtime. Não percebia o mesmo entusiasmo em Nina, mas ainda assim andamos um bocado naquela rua. A tarde já ia avançada quando resolvemos almoçar. Antes, entramos num bar charmoso, para tomarmos um drink, e o local era ótimo. Já era final de tarde quando almoçamos num bistrô bastante agradável. Nina parecia cansada.

– Levon, sei que você ama esta cidade, mas não consigo achar bonitas todas essas velharias...

– Gosto muito daqui. Gostaria de vir durante o Mardi Gras, o carnaval, criado pelos franceses e que existe desde 1700. É uma festa linda que eu sempre quis conhecer, desde a adolescência. O que me empolga em Nova Orleans é a música, o ambiente musical, o clima.

– Acho que eu preferia estar em Miami.

– Quem sabe a gente vá até Miami... É uma ideia – eu disse, surpreso comigo mesmo de ter admitido ir para Miami. A Nina, ela tem a cara de Miami. Mas quem sabe...

– Nina, vamos para o hotel descansar um pouco, você está com expressão de cansaço. À noite quero ir a duas casas noturnas, como fizemos ontem. Quero muita música.

– Estou um pouco cansada, mas vamos fazer o que você quiser.

Eu queria curtir a noite de Nova Orleans, depois do jazz, eu queria blues, e era quase meia-noite quando fomos para o The Funky Pirate Blues Club, que fica, também, na Bourbon Street. Eu estava cheio de energia para conhecer e curtir o máximo que pudesse, e Nina, apesar de definitivamente não estar gostando da cidade, sempre se surpreendia com os ambientes transgressores dos bares e se divertia bastante. Quando chegamos ao hotel, já de madrugada, estávamos cansadíssimos, mas Nina parecia insaciável. Ela teve algum trabalho para me motivar, mas quem poderia resistir a uma mulher como ela, quase uma sacerdotisa, com sua lingerie sexy, seu pescoço e ombros admiráveis, seus dentes lindos, suas faces coradas e seu cabelo ondulado e sensual? O Theo tinha razão quando disse que tudo aquilo que Nina conhece de sedução e sexo não se aprende em manual, mas na aventura, na vida. Agora ela queria um marido. Quando resolvi voltar para o Brasil, levando Nina comigo, falei com minha mãe, que ficou felicíssima. Contei que estava levando minha namorada, com quem pretendia me casar. Enviei fotos de Nina abraçada comigo, tipo uma selfie. Mamãe achou-a bonita. "Quero netos, Levon." Então era isto: Nina queria um marido e filhos, minha mãe queria netos, e eu não sabia o que queria...

23

Passava de 10 horas quando me levantei. Nina continuava dormindo, literalmente apagada.

Tomei um banho reconfortante, me vesti, e falei baixo, no ouvido dela: "Durma o quanto quiser, vou te esperar na recepção do hotel". Desci para telefonar para o Theo.

– E aí, mineiro? Bom falar com você. Esperava que me ligasse, para falar sobre o Sandro. Não descobri nada de importante referente a ele, mas o seu leão de chácara não foi mais visto por aqui. Continuo investigando. E Nova Orleans, o que me diz da cidade?

– Nova Orleans é sensacional. O que eu já ouvi de música boa por aqui não dá para acreditar. Sobre você continuar investigando o Sandro, não é necessário. Desde alguns dias venho pensando em mudar meu roteiro, e tomei uma decisão: não vou continuar essa viagem de carro. Estou muito confuso com relação a muitas coisas, inclusive com relação a Nina. Estar dia e noite com uma pessoa durante muito tempo não é fácil. E já cansei de conhecer cidades; todas, ao final, se parecem. É tudo igual. Não vou mais para Houston, não vou mais entrar em território mexicano (era como se eu dissesse: não quero as emoções e os riscos da aventura; prefiro a falsa alegria, a segurança, o conforto, enfim prefiro a fuga para Miami. Minhas aventuras estão somente nos livros). É incompreensível para mim, mas Nina não está gostando de Nova Orleans, e ontem ela falou que preferiria Miami. Um balneário como Miami, com praias, shoppings e *outlets*, é a cara da Nina, você sabe, e quando ela pronunciou a palavra Miami, foi como se ela tivesse dito uma palavra mágica.

– Pô, Levon, você está confuso.

– Estou sim, Theo. E, desde esta madrugada, mais confuso ainda. Fizeram um "despacho" para mim no estacionamento do hotel. Pura macumba daquele Sandro filho da puta. Estou confuso, e inseguro também. Estive pensando... Não sei como minha mãe e minha irmã vão receber Nina, com seu jeito ao mesmo tempo sensual e com raciocínio um pouco infantil.

– Sobre o "despacho" que fizeram para você, em Nova Orleans é o lugar certo para isso. Coisa da cultura negra, africana. É um amalá. Agô! Não acredito nessa porra. Quanto à Nina, quando chegar no Brasil você a apresenta assim: "Esta é minha namorada, a Nina. Ela é meio tapada e infantil, mas como transa gostoso".

– Pô, Theo, por favor, não diga uma coisa dessas, nem de brincadeira. Gosto da Nina, só estou inseguro.

– Desculpe, Levon, sou mesmo muito grosso.

– Então, Theo, eu nem falei com Nina sobre isso, mas a ideia é pegar um voo para Miami, passar dois ou três dias por lá, e embarcar para o Brasil.

– Acho que é uma boa ideia. Enfrentar uma jornada de Nova Orleans até o Brasil, somente você e Nina, durante muitos dias, não seria algo que você suportaria. Nesse seu novo roteiro você ainda economiza uma boa grana.

– Já decidi, vou fazer isso, mas de novo vou precisar da sua ajuda. Não consigo vender o carro rapidamente, até porque não conheço nada por aqui. Então pensei em deixá-lo no hotel onde estou hospedado, sob a guarda do próprio hotel, se você conseguisse alguém que pegasse um voo aí e viesse para cá, para vendê-lo aqui ou levá-lo para Framingham... Acha possível isso?

– Claro, Levon. Já tenho em mente quem pode fazer isso. Deixa comigo.

– Depois de falar com Nina e tiver os detalhes, te ligo. Estou com esperança de que em Miami, uma cidade ensolarada e alegre, eu encontre o entusiasmo que tinha quando saí de Framingham.

– Levon, sinto te dizer isso de novo, mas a Nina não é a mulher que você idealiza.

– Você está enganado, Theo. A Nina é uma pessoa boa. O problema não é ela, sou eu. Nós somos, você e eu, o problema. Somos parecidos, e sei que, no fundo, somos incapazes de amar. Para você foi mais fácil dissimular isso, porque você se casou cedo, numa fase da sua vida cheia de entusiasmo e ilusão. Mas não quero falar sobre isso. Te ligo em breve. Dê um abraço na Aline por mim e um beijo nos garotos.

– Se cuida, mineiro.

24

Já passava de 11 horas quando Nina desceu. Fizemos um lanche no hotel e saímos para andar pelas ruas de Nova Orleans. Fomos ao New Orleans Jazz National Historic Park, que eu queria conhecer, e onde tivemos uma verdadeira aula sobre a história do jazz. Nina manifestou desejo de ir a uma igreja, queria rezar. Ela não estava bem; havia um clima de desconforto entre nós. Havia algo mal resolvido. Fomos então à Catedral de St. Louis, uma bela construção, que é um dos cartões-postais da cidade. Depois de meia hora em que ela ficou na igreja, voltamos para a Bourbon Street, tomamos um *blood mary* num bar muito simpático e fomos almoçar num restaurante próximo dali.

– Nina, tenho novidades. Decidi não prosseguir com esta viagem de carro até o Brasil.

– Como, Levon? Que ideia é essa?

– Sim, é isso mesmo, Nina. Já há alguns dias venho pensando no assunto e de ontem para hoje tomei a decisão. Cansei de conhecer cidades, cansei mesmo, e esse leão de chácara, que costuma aparecer e desaparecer como um fantasma, me deixou preocupado.

– Mas, Levon, tínhamos planejado com tanto carinho este retorno ao Brasil...

– Ontem, quando você falou em Miami, me deu um estalo. Vamos para Miami e de lá para o Brasil. Que tal conhecer Miami como você queria?

– Acho ótimo conhecer Miami, mas preciso absorver essa mudança de planos repentina.

– Tenho certeza de que você vai se acostumar com a ideia, até porque essa viagem de carro pelo México, pela América Central, é muito cansativa, e me parece que ela se tornou perigosa.

– Vou tentar. E o carro? O que você vai fazer com ele?

– O Theo vai mandar uma pessoa para vender o carro, ou levá-lo para Framingham e vendê-lo lá.

– Então, antes de falar comigo sobre essa sua mudança maluca de planos, você me fez o favor de falar para o seu querido Theo primeiro? – Nina disse, perplexa e confusa.

Percebi que tinha arranjado uma encrenca.

– Ora, Nina, qual é o problema? Precisava resolver algumas coisas com o Theo e no telefonema falei da mudança de planos e sobre o carro. Não seja possessiva, Nina.

– Não se trata de ser possessiva. A questão é que você toma sozinho uma decisão importante como essa de mudar seus planos, ou melhor, nossos planos, e, antes de sequer falar comigo a respeito, trata de ligar para o Theo contando para ele, se aconselhando com ele, talvez. Você está tendo um caso com Theo?

– Nina, não diga uma coisa dessas, você sabe que não tem nada disso. Reconheço que agi de maneira equivocada, e peço perdão por isso. Mas nada justifica essa sua agressividade.

– Não vamos nos alongar nesse assunto, mas você tem uma ligação com Theo que me incomoda. Quando você tatuou meu nome no seu braço me senti lisonjeada, mas a tatuagem é igual à do Theo com o nome Aline, no mesmo lugar do braço, e isso me deixou muito confusa. Eu te amo, Levon. Você sabe muito bem que te amo, mas estou decepcionada.

Ela ficava dizendo isso, "eu te amo", como se fosse resposta para tudo.

– Assim que almoçarmos, vou providenciar as passagens para Miami. Se conseguir um voo para amanhã à tarde, será ótimo. O tempo de voo é de duas horas, e então já dormiríamos em Miami amanhã.

– Tenho certeza de que vou gostar de Miami. Me surpreendo um pouco é com a facilidade com que você muda os planos. Fica a impressão de que você se guia muito por instinto. Não conhecia essa faceta de sua personalidade.

– Eu preferiria não falar disso, pelo menos agora, pelo menos hoje e nos próximos dias. Estou um pouco confuso, tenho que admitir. Quando chegarmos ao Brasil, tudo ficará mais claro e melhor. Por ora vamos curtir Nova Orleans, que eu amo, e a ideia de conhecermos Miami. Hoje à noite quero conhecer outras duas casas noturnas, com muita música. A despedida de Nova Orleans.

Providenciei as passagens para Miami, um voo às 16h, muito conveniente para nós. À noite curtimos jazz de muita qualidade no Fritzel's European Jazz Bar e depois muito blues excepcional noutro bar.

Na despedida da noite de Nova Orleans, fomos dormir de madrugada.

Na manhã seguinte contratei com o hotel a permanência do meu carro na garagem, por alguns dias, até que viessem pegá-lo. Depois liguei para Theo, para passar todos os detalhes.

25

À tarde, embarcamos para Miami. Como era do meu feitio, eu estava determinado a ir para Miami sem saber, com clareza, por quê. Eu não tinha controle sobre meus impulsos e esperava que, talvez, naquelas duas horas no avião, pudesse compreender por que estava voando.

O jato nos levou até Miami, voando para leste, e o sol já se punha. Eu olhava para a vastidão azul, para as nuvens embaixo, feito espuma, para o brilho das turbinas e da asa, e nada disso podia revelar nada a meu respeito, nem jogar um pouco de luz sobre a imensa confusão que havia em mim. Nina só fazia aumentar essa confusão, sempre lamentando por eu impedi-la de dar vazão ao seu instinto de maternidade. Teria dado qualquer coisa para que minha união com Nina durasse a vida inteira. Ao me juntar a ela, essa era minha expectativa. No entanto, essa união estava se tornando uma prisão, e eu, com pensamentos tortuosos, estava começando, aos poucos e com enorme sofrimento, a me preparar para saltar fora. Era isso? Eu não queria que fosse assim. Às vezes eu sentia saudade da minha quitinete onde eu vivi sozinho durante anos. Agora, pela primeira vez, minha trágica e maravilhosa solidão fora conspurcada.

Quando desembarcamos no aeroporto de Miami, fui ao guichê da companhia para confirmar duas reservas que havia feito para São Paulo, quatro dias depois. Daí eu iria para Belo Horizonte e Nina, para Vitória, no Espírito Santo, onde ficaria por alguns dias, antes de ir para Governador Valadares se encontrar comigo. O hotel que nos havia sido recomendado fica na Collins Avenue, onde há um comércio muito forte, que atende especialmente turistas; são muitas lojas, sofisticadas. Desde o aeroporto, e no trajeto para o hotel, a cidade se mostrava familiar e agradável; as pessoas pareciam generosas, vivas, alegres. Miami Beach é uma cidade nova, localizada no Estado da Flórida, no condado de Miami-Dade. O voo havia atrasado, e quando chegamos ao hotel já era noite. Depois de nos instalarmos, saímos para ter contato com o entorno do hotel, com as lojas, bares, restaurantes. Tudo me parecia bastante agradável, o que para mim era surpreendente. Cansados, encontramos um restaurante charmoso, onde tomamos drinks e jantamos.

– Nina, estou achando Miami uma cidade encantadora.

– Pois é. Você não queria conhecer. Eu sempre soube que Miami é o máximo. Se não fosse, por que viriam tantas pessoas? Em nenhum lugar dos Estados Unidos vi tantos brasileiros; só aqui, neste restaurante, se encontram pelo menos quinze brasileiros.

– Me animei a gastar 700 dólares por 30 minutos, para fazermos um sobrevoo de helicóptero amanhã. Que tal? Miami vista do alto deve ser muito bonita, e eu nunca voei de helicóptero.

– Eu topo. Eu também nunca sequer entrei num helicóptero.

– Combinado. Vamos fazer isso pela manhã. Quando chegarmos ao hotel trato disso na recepção. À tarde, quero conhecer o Parque Nacional Everglades. Dizem que é muito bonito, e quem sabe avistamos crocodilos? Gosto de animais. Sempre que me lembro, sintonizo Animal Planet na TV e fico horas vendo bichos. Gosto de ver como a crueza da vida na África se assemelha à dos humanos. A luta pela sobrevivência.

Ao conduzir a conversa para esses assuntos, eu estava fazendo algum teatro, interpretando o babaca que adora Miami...

– Fique avisada, Nina: me recuso a ir aos estúdios da Universal e aos parques da Disney.

– Eu não tinha mesmo essa expectativa, Levon.

No hotel. O corpo alongado e moreno de Nina se debatendo nas garras do prazer: uma Emma Bovary insana, olhos vidrados, buscando a saciedade no sexo. Meu desempenho foi medíocre. No sexo, meu desempenho, ainda que intenso, nunca foi passional, arrebatado. A relação sexual é sempre prolongada, mas de alguma maneira morna, sem efusões. Naquela noite teria sido morna demais? No dia seguinte, como sempre, acordei antes de Nina e, no banho, pensava no helicóptero. Quando entrei no quarto, enrolado na toalha, percebi que Nina estava chorando. Eu sabia que qualquer coisa, por menos grave que fosse, a fazia chorar, dizer tolices, fungar o nariz. Ela chorava, soluçando, o rosto entre os lençóis, as mãos entre os cabelos. O choro me assusta.

– Ah, Nina, não chore – eu disse, pegando sua mão delicada e quente, retirando-a de entre os cabelos. – Está chorando por quê?

– Não me pergunte, porque eu não sei responder. Não sei por quê – disse ela, entre soluços.

– Pelo amor de Deus, não chore.

Então, Nina e eu choramos juntos, como se estivéssemos descobrindo naquele momento a transitoriedade do nosso encontro. Precisávamos nos afastar daquelas percepções, e algumas poucas horas depois estávamos rindo, assustados e maravilhados, a bordo de um helicóptero. Miami vista do alto, emoldurada pelo mar azul, é linda, luminosa, alegre. Nina apertava minha mão, com suas mãos úmidas de ansiedade, medo e deslumbramento. Ria, me olhava, e parecia uma criança. Estava muito linda.

À tarde, depois do almoço, fomos para o Parque Nacional Everglades, que fica ao sul de Miami, a única área subtropical preservada da América do Norte. Seus pântanos, sua flora e fauna constituem-se em Patrimônio Mundial. Embarcamos num aerobarco e ficamos navegando nas águas do parque, onde os pântanos formam uma paisagem impactante. Para mim foi uma frustração, porque não vimos nenhum crocodilo e, mesmo aves, avistamos poucas. Já era noite quando voltamos. Fomos jantar no mesmo restaurante da noite anterior. O dia tinha sido cansativo, e isso se refletia na expressão de Nina. Tomamos vinho, o rosto dela tinha marcas de cansaço e um rubor da excitação do dia. Mansa e resignada, falou dos motivos do choro daquela manhã.

– Levon, o meu choro hoje estava dentro de mim, mas só fui decifrá-lo ao longo do dia. Quando você desistiu de nossa viagem de volta ao Brasil, conforme tínhamos planejado, ficou se processando no meu íntimo a ideia de que você desiste facilmente das coisas. E então você poderia desistir de termos um filho quando chegarmos ao Brasil. E isso é muito importante para mim.

– Não é que eu desista facilmente das coisas. A mudança de planos com relação à nossa viagem se deu por motivos bastante razoáveis, mas eu não queria falar sobre isso agora, sobre termos filhos. Te pedi para conversarmos sobre isso no Brasil. Estou muito confuso e gostaria que você me ajudasse a ultrapassar esses dias malucos. Falar sobre ter filhos agora vai aumentar a confusão na minha cabeça. Quero que você saiba que te amo, mas não sou uma pessoa fácil de entender.

Nina, com expressão de grande cansaço, emudeceu, falou pouquíssimo, monossilabicamente. A noite se encerrou melancólica. Se tivesse uma janela na fronte das pessoas, e se pudéssemos ver através dessa abertura, conhecer o caráter da pessoa, vislumbrar sua alma, observar detalhes, movimentos, armações, peripécias, fantasias, eu queria entender Nina. Mais do que enxergar Nina por dentro, eu queria me ver por dentro.

Adormeci pensando que estou sempre fugindo da hora de encarar a página em branco, de avaliar se alguma coisa vale a pena. Era como se precisássemos fugir de nossos desencontros e – por que não? – das nossas verdades.

Acordamos bem cedo. Eu queria ir a Key West, uma viagem de três horas e meia. Para isso tinha alugado um carro. Nina estava tranquila, expressão descansada e jovial. Bonita como sempre.

No trajeto até Key West há um arquipélago com 1.700 ilhas, as Ilhas Key, que ficam ao longo do Estreito da Flórida, tendo o Oceano Atlântico a leste e o Golfo do México a oeste. A viagem é linda, indescritível. Nina se emocionou com as paisagens incríveis.

Eu estava num bom carro, não havia trânsito quando saímos

de Miami, e isso possibilitou que a viagem durasse pouco mais de três horas.

Key West é uma cidade bucólica, situada no condado de Monroe. Entra-se na cidade pela Flager Avenue; o dia estava muito bonito, com céu claro e muito sol. Assim que chegamos, me informei sobre a casa e Museu de Ernest Hemingway, que fomos visitar.

– Nina, Hemingway nasceu no Estado de Illinois. Foi repórter de jornal, motorista de ambulância da Cruz Vermelha, na Primeira Guerra, *sparring* de pugilistas em Chicago e um grande boêmio em Paris nos anos 1920, numa temporada que passou com sua primeira mulher. Divorciou-se e se casou com Pauline, com quem morou aqui nesta casa, em Key West, onde se apaixonou pela pesca em alto mar e onde escreveu *Adeus às Armas*. Tempos depois se divorciou de Pauline e foi morar em Cuba, onde se inspirou para escrever *O Velho e o Mar*. A história de Hemingway é rica.

Não quis dizer a ela que Hemingway se suicidou aos 61 anos. Depois de visitar a casa-museu, ficamos curtindo a cidade, fomos a um barzinho que tinha música caribenha ao vivo, fomos ao Southermost Point, o ponto mais ao sul dos Estados Unidos, que fica apenas a 140 quilômetros de Cuba. A Cuba de Fidel, de Che Guevara, a Cuba do Buena Vista Social Club.

Era noite escura, com lua e estrelas, quando voltamos. Nina estava alegre, tinha curtido o dia, estava feliz. Quando comecei a me despir para o banho, ela me abraçou, me beijou daquele jeito ardente dela, me puxou para a cama.

Então ela se retorce, me dá unhadas, ferve de excitação, me prende as nádegas com os calcanhares e me puxa para si. Eu tento me adaptar àquele clima de paixão incontrolável, vendo o brilho alucinado, insano, daqueles olhos, a cabeça se movendo de um lado para o outro em movimentos bruscos, e então começo a achar aquilo muito estranho. Passo a duelar entre sentir prazer e vontade de rir. Se risse durante o ato sexual, isso seria trágico. Achava tudo aquilo teatral. Afinal eram só aqueles movimentos ritmados, depois uma agoniazinha, um espasmo, e só. A reprodução... Chegamos ao clímax juntos, e eu desabei ao lado de Nina, que colocou um braço no meu peito, arfando, uma respiração curta e descompassada. A paixão com que Nina se entregou contrastou com meu desempenho, de novo medíocre, pífio.

Eu percebia em Nina satisfação e plenitude, mas ao mesmo tempo uma expressão de dúvida, uma interrogação. Seria pelo meu fraco desempenho comparado à sua paixão?

Foi divertida a noite, com drinks, jantar num restaurante sofisticado e muita música nos bares e boates de Miami. Já era madrugada quando voltamos para o hotel. Havia uma mensagem do Theo no meu celular: "Me liga".

Levantamos tarde, e, logo depois do almoço, Nina disse que queria passear pelas lojas, fazer compras.

– Quer ir comigo, Levon?

– Não, não quero. Você sabe que detesto isso.

– Tudo bem. Acho que não seria legal para você. Em geral vocês, homens, não gostam desse programa que nós, mulheres, adoramos: shoppings, lojas. Que tal marcarmos para nos encontrar no hotel às 19h? Você aproveita e dá umas voltas pelas redondezas.

– OK, Nina. Para mim está ótimo.

– Aproveite e ligue para Theo...

Odiei Nina. Enrubesci e fiquei muito incomodado, mais ainda porque pareceu que ela adivinhou meu pensamento.

– Por favor, Nina, não seja desagradável.

Nina foi às compras, e eu liguei para o Theo.

– Theo, é o Levon. O que houve?

– Ah, sim, Levon. Como vai? Olha, mineiro, assim que você viajou para Miami, mandei o Fred pegar um voo para Nova Orleans e trazer seu carro para Framingham. Quando ele chegou lá, seu carro estava num estacionamento ao lado do hotel...

– O pessoal do hotel tinha me prevenido que seria assim mesmo.

– Alguém entrou no estacionamento e vandalizou seu carro.

Os pneus estavam arriados, a pintura riscada e pichada com letras grandes: "ROBBER, CRACKERMAN, TRAITOR". Imagino que o cara que estava te seguindo ficou puto quando não te localizou. A recepção do hotel informou ao Fred que te procuraram. O hotel deu alguma garantia com relação à segurança do carro?

– Não, não me deram. Ao contrário, disseram que não podiam me dar essa segurança.

– Bem, mas, enfim, o Fred já está vindo com o carro, vamos dar uma geral nele para vendermos. Qualquer coisa te aviso. Mineiro, esses caras estão muito mal-intencionados, e você deu uma puta sorte quando mudou seus planos. Eles insistiram na recepção do hotel, para saber para onde você teria viajado. Situação estranha, Levon.

– É verdade, Theo. O pior é que estou muito confuso. Não estou feliz com Nina, ou pelo menos feliz o suficiente para ficar com ela, ter filhos, como ela quer. Não sei o que faço, e tenho medo de que ela se suicide se eu romper nosso relacionamento. A mãe dela fez isso. Ela é muito apaixonada, se entrega muito. Estou confuso, Theo. Aprendi a gostar da solidão. O mundo foi me empurrando, como um rodo empurrando água, para dentro de mim mesmo. Tenho uma enorme dificuldade de lidar com o afeto no dia a dia.

– Você tem que ficar calmo, Levon. Pelo que sei, você vai para Governador Valadares e Nina vai para o Espírito Santo. Então, fique calmo e deixe para tomar decisões quando estiver em Governador Valadares sozinho, com a cabeça fria, longe da Nina. Acho que você tem muitos motivos para estar confuso, mas tem que se manter sereno.

– Vou tentar, mas serenidade é o que tem me faltado ultimamente. Desculpe, Theo, por todo esse trabalho que estou te dando e por estar falando de problemas que sou eu quem terá que resolver. Como vai Aline? Como vão os garotos? Dê um abração em todos por mim.

– Está tudo bem aqui, a Aline, os meninos... Você pode me ligar quando quiser, que eu compartilho com você seus problemas. Você não está me dando trabalho nenhum. Um dia, quem sabe, quando você julgar oportuno, gostaria que você me contasse o que houve, de fato, entre você e o Sandro. Se cuida, mineiro.

– Um abraço, Theo, e obrigado.

– Até breve, Levon.

Desliguei o telefone, e estava angustiado. Essa insistência da Nina em falar de amor, como se o amor pudesse nos salvar da angústia e da loucura, do gangster que está me seguindo. Como se pudesse nos salvar de nós mesmos. E, se houver amor, como saber quando ele acaba? Um certo momento, uma linha divisória, um sinal sonoro que nos desperta, e então dizemos "pronto, acabou"? Não amar é uma coisa; não amar mais, deixar de amar, é outra coisa. Menti a mim mesmo durante duas décadas; algo que eu prezo, acima de tudo, agora eu sei, não é o amor, é a solidão.

Andei pelas ruas de Miami, sem ver nada em minha volta, somente andei. Entrei num bar, tomei duas cervejas, pensei em tomar um pileque, mas desisti, porque queria estar de volta ao hotel antes de 19h, para aguardar Nina. Eu não queria mais problemas, pelo menos naquele dia, naquele momento. Então andei de novo sem destino por várias ruas, anoitecia e as luzes das lojas, dos restaurantes, dos bares se acendiam, os neons coloridos... Sons vazam das portas, as pessoas vão passando, parecendo bêbadas de alegria e felicidade, como se fosse possível se embriagar de felicidade. Comecei a voltar devagar, até chegar ao hotel antes das 19 horas. Nina chegou às 19h20, de táxi, com muitas sacolas de compras. Ela estava esfogueada e linda, mas aquela expressão de dúvida, de interrogação, permanecia.

– E aí, garota, comprou muita coisa?

– Comprei algumas coisas para mim e presentinhos que vou levar para meus parentes. Miami é espetacular para se fazer compras. E você, o que fez?

– Não fiz nada, só andei por aí, meio perdido, sem rumo.

Nosso plano era sair à noite, para uns drinks, jantar num bom restaurante, voltar cedo para o hotel, já que no dia seguinte viajaríamos para o Brasil. Resolvemos ir ao mesmo restaurante da noite em que chegamos a Miami, que tínhamos achado ótimo. No bar que havia ali, tomamos um drink e fizemos nosso pedido para o jantar. O clima entre nós não estava nada bom, e a interrogação persistia na expressão de Nina. Durante o jantar falamos pouco, e depois pedimos licor. Tomei um gole e fiquei calado, esperando que ela dissesse algo. Ela também ficou calada, e por algum tempo ficamos assim, ela olhando para seu copo, balançando-o levemente. Nunca antes fomos tão distantes, tão amarguradamente distantes. Então pareceu-me que ela estava olhando algo do outro lado do salão. Uma expressão quase sonhadora na fisionomia um pouco desordenada. Um pensamento passou pela minha cabeça como um flash e falou do abismo que nos separava. Então ela disse:

– Estou com a sensação desagradável de que está tudo terminando; o mundo de cabeça pra baixo! O meu mundo.

Nina, jovem ainda, tinha o semblante tão triste que fazia lembrar uma mulher madura acostumada a ver seus sonhos despedaçados. Já não tínhamos força para carregar o fardo do desamor.

– Não podemos viver juntos, Levon.

Quando ela anunciou a decisão de forma tão enfática, expressou-se num tom muito firme. Tinha pensado muito no assunto e estava disposta a aceitar a derrota. Não conseguiríamos viver juntos, e ela assumia parte da culpa por isso. A forma resoluta com que ela falava me fascinava, e nesse fascínio eu descobria minha própria imaturidade.

Foi difícil para ela, eu sei, e para mim, que não percebia muito claramente o que estava acontecendo. Eu não percebia antes as coisas, era sempre depois que tinha acontecido, quando já era, quando já tinha caído em minha cabeça, é que eu percebia. Antes eu não imaginava, não via o que podia acontecer, ou talvez não quisesse, ou temesse ver antes.

O que mais ela poderia dizer? Sem aquela impressão de que está sempre procurando as palavras certas, tudo ficaria mais fácil.

– Eu ainda te amo muito, Levon, mas te amo menos do que amava quando saímos de Newark para esta nossa viagem. Sempre enxerguei em você um ser superior, homem inteligente e bom. Com certeza, você foi a pessoa que mais amei em toda minha vida. Mas uma relação amorosa para você é isso? Tratar uma mulher sem se preocupar em transmitir a ela alguma segurança, sem se envolver com os anseios dela, sem compartilhar com ela suas angústias e temores? Você, Levon, é um solitário, assim como eu também. Mas tenho procurado vencer isso, me entregando a você. Ao contrário, você não se entrega, mantém uma distância que foi nos afastando.

Dizia isso com firmeza, e ela estava gasta, destruída, derrotada. Eu não sabia o que dizer, porque tudo que ela falava era verdade, e agora, tardiamente, eu via em Nina uma pessoa maravilhosa, generosa, corajosa, que eu estava perdendo. Eu, que sempre a julguei uma pessoa infantil, estava assistindo a coragem e a maturidade dela, e a minha covardia e imaturidade. Acho que, por fim, depois de muito tempo, ela tinha se cansado de esperar.

– Nina, talvez você esteja sendo precipitada. Sei que sou uma pessoa complicada, de difícil convivência, e em tudo você tem razão. Ao me juntar a você, minha expectativa era de vencer a solidão, de vencer essa minha dificuldade de transpor a distância, que sempre me separa das pessoas, mesmo das que eu mais amo, e que é um problema que eu mesmo coloco para mim. Não quero perder isso, não quero perder essa esperança.

– Foi difícil, para mim, tomar essa decisão – ela dizia com ar cansado –, mas o que penso de nós dois é que não daria certo vivermos juntos. Em pouco tempo, passaríamos a sofrer os dois. Vamos ficar assim: você vai para Minas Gerais, eu vou para o Espírito Santo, e vamos pensar que somos amigos. Somos amigos. Quem sabe um dia...

Eu estava com vergonha de mim mesmo, sentindo uma angústia tão forte, que me dava vontade de pedir socorro: "Alguém sente isso também?".

Eu estava perdendo Nina. Eu tinha perdido Nina. Um homem de 46 anos, sozinho e sem esperança. O que restava? Restava voltar para o hotel, embarcar no dia seguinte para São Paulo, despedir-me da mulher que um dia pensei ser a mulher da minha vida.

Depois ir voltando, sempre voltando, para Belo Horizonte, depois Governador Valadares, de onde eu saíra há mais de vinte anos. Eu estava dando um passo atrás, indo para trás, para dentro. Eu queria poder ir para frente, para fora, e não voltar, voltar, voltar...

26

Naqueles poucos minutos de voo entre Belo Horizonte e Governador Valadares, eu pensava o quão deprimente era perceber que passara a vida inteira representando uma farsa.

"Não planejei fazer o que fiz com minha vida, mas fiz. Só agora estou constatando isso. Com a sensação de que a narrativa dessa minha existência miúda não duraria mais que poucos minutos. Como pude ter uma trajetória de vida tão patética? Livros mal lidos, cidades efemeramente visitadas, poucos amigos, poucas mulheres, mal possuídas. Estava voltando de um país onde ninguém acredita em ninguém, e em nada. Governos, americanos brancos, americanos negros, muçulmanos, etíopes; todos malucos. Voltando para meu país, um país mais louco ainda. Na minha vida nunca houve nada que fosse como uma revelação, uma epifania. Não posso dizer: 'a partir de tal dia, de tal hora, houve uma transformação em minha vida'. Nada!"

Estava de volta. Não se pode fugir nem fingir; não existe, de fato, a volta. As voltas são todas elas novas idas. "Onde você se sentirá em casa, Levon?" Onde eu possa continuar buscando uma esperança qualquer. Nina tinha sido uma esperança. Uma pálida esperança. Ainda sou jovem, 46 anos não é tanta idade assim. Ainda tenho forças para recomeçar... Recomeçar o quê? Contei com Nina para me salvar, mas esse foi outro game perdido. Perdi o game, perdi o jogo, perdi a partida.

Quando o avião aterrissou, eu me sentia seco, oco por dentro, com a sensação de que sabia onde estavam a solidão, o infortúnio e a tristeza. E que sempre ia aonde estavam, para buscá-los. Eu só queria me ver livre de mim mesmo.

Agora estava ali, na cidade onde nasci, há quarenta e seis anos. As águas do Rio Doce continuam amareladas, e sujas. Não são como as águas do Hudson, mas sim como as águas poluídas do Ganges. O sol forte, o céu azul, o calor de quarenta graus; eu ali parado, o olhar duro. Tudo em volta está parado, morno.

O abraço apertado na irmã, que fora, alegremente, me buscar no aeroporto. Uma mulher envelhecida e sofrida estava ali para me levar até em casa, até minha mãe.

Ah, a mãe, com olhar terno e amoroso, que me abraçou, fraquinha, cabelos tingidos, com as raízes brancas. Ah, mamãe!

Aproveitei o abraço e chorei. Não pelo encontro com a velha mãe, mas pelo desencontro de tudo, que só havia descoberto agora.

Ela recostou a cabeça no meu ombro e deixou suas lágrimas mornas escorrerem por meu peito. Eu a apertei contra meu corpo, e ela estava soluçando.

– Meu filho, que alegria te ver. Não chore, meu filho. Não chore. Agora vou ter você de novo.

Eu estava sentindo uma dor e uma tristeza tão grandes, que me impediam de falar qualquer coisa. Então fiquei quieto, apertando o corpo de minha mãe contra o meu, e aquilo durou alguns minutos. Minha irmã, coitada, começou a chorar também, e eu estava sem ação, achando aquela cena ridícula. Minha tristeza era por minha mãe, por minha irmã, por todo mundo. Afastei minha mãe, para ver o seu rosto, e me deu vontade de gritar: "Me ajude, mamãe!".

A visita ao advogado era necessária, para esclarecer alguns detalhes do inventário do meu pai, que estava se arrastando, sem mostrar sinais de conclusão. Havia um clima de desconfiança crescente, mesmo sendo o advogado amigo da família. Poucos dias após minha chegada, cuidei de agendar um encontro com ele, em seu escritório.

Na data marcada, peguei o carro da minha irmã para ir à entrevista e no caminho percebia as mudanças que haviam ocorrido no cenário urbano da cidade, ainda que achasse que estava tudo feio e decadente, como há vinte e dois anos, quando partira para a América. Lembrei-me de Theo.

– Boa tarde, Levon. Há quanto tempo não nos víamos.

Era o advogado, que me esperava à porta da sala, profusamente decorada. Ele era um sujeito de meia-idade, usava óculos, um bigode fino, e roupa completamente desencontrada, calça jeans escura, blazer entre bege e amarelo, e uma gravata ridícula.

– Pois é... – Respondi, entediado, entrando na sala. – Precisamos resolver algumas questões, para que se conclua logo o inventário do meu pai.

– Foi bom você ter vindo. O processo do inventário está na sua parte final, mas há questões técnicas para definir, e discutir essas questões com você é melhor. Sua mãe e sua irmã são pessoas ótimas, que eu amo, mas às vezes têm o raciocínio confuso. Estou achando ótimo você estar aqui. A propósito, bem-vindo ao Brasil!

Mal nos sentamos quando o advogado atende, contrariado, o interfone, diz um palavrão e se levanta abruptamente. A porta se abre, e entra um homem alto, magro, de roupa escura. Eu, que me assustara com a reação do advogado, tinha me levantado também e estava atrás da mesa. Lembrei-me de ter visto aquele homem na portaria do edifício, quando entrava no elevador. O homem tirou uma arma da cintura da calça, que estivera coberta pela camisa solta, e ia atirar em mim. Atirou uma vez, e eu, atingido, passei a ver tudo como se estivesse em câmera lenta. O homem ia atirar outra vez, e eu estava morrendo? Tudo em *slow motion*.

O homem atirou novamente.

#tudocomeçanalivraria
#QuixoteDo2022
#Devoltaparalugarnenhum

1ª edição [2022]

Esta obra foi impressa na Gráfica Formato
em papel Pólen Bold FSC® 90g/m^2
para a Quixote+Do Editoras Associadas.

O miolo desse livro é feito
de papel certificado FSC® e
outras fontes controladas.

Selo "FSC®" – Forest Stewardship Council® (Conselho de Manejo Florestal) é obtido por empresas que têm sua operação avaliada, garantindo que o papel usado na impressão é produzido de maneira ambientalmente adequada, socialmente benéfica e economicamente viável. A Formato é certificada desde junho de 2010.